お嬢さまと犬

契約婚のはじめかた

水守糸子

角川文庫
23996

目次

イラスト／ajimita

プロローグ

――この世にお金で買えないものはない。たぶん。


遠くで雷鳴がしていた。

すこしまえに降った夕立のせいか、ドアの外からは蟬の声も聞こえない。静まり返ったアパートの一室では、紙吹雪みたいに無数の万札が舞っている。

「久瀬《くぜ》くん、これ今日の謝礼」

ぽたり、ぽたりと肩に貼りついたつぐみの黒髪から水滴が落ちる。

袖《そで》や裾《すそ》に精緻《せいち》なレースがあしらわれた白のワンピースは濡《ぬ》れそぼち、エナメルの靴にも泥がかかって、見るも無残なありさまになっていた。でも、つぐみはそんな自分には気を留めたようすもなく、ぺしゃんこになったボストンバッグを細腕で抱きしめている。

葉《よう》が住む木造の古アパートから、彼女は存在ごとあまりに浮いていた。

状況を理解できないまま、ぽかんと突っ立っていると、まだ宙を舞っていた万札の一枚が足元に落ちた。葉ひとりでいっぱいになる狭い玄関には、札束の小山ができている。それらはさっき、つぐみがひっくり返したボストンバッグからなだれ落ちたものだ。

いったい一万円札何枚ぶんだろう。葉には想像もつかない。

「三千万円」

まるでこちらの心を読んだようなタイミングで、つぐみが言い放った。

「……わたしのお金」

つぐみははじめて会った頃のように、世界はぜんぶ敵みたいな張りつめた顔をしている。今にもひとを殺しそうだし、反対に死んでしまいそうでもあった。いったいどれくらいのあいだ雨にあたっていたのか、細い身体は小刻みにふるえている。

「だいじょうぶ?」と腰をかがめて、葉はつぐみに目を合わせた。

つぐみは弱々しく首を横に振った。だいじょうぶじゃない、という意味なのか、放っておいて、という意味なのかは判然としない。ただ、ぎこちなく伸ばされた手が、すがるように葉のシャツをつかんだ。

「おねがい久瀬くん。お金あげるから、わたしと結婚して」


そんなふうに嵐のように唐突に——お金で愛は買えると信じる彼女と買われた俺の、ふしぎな同居生活は幕を開けたのだ。

一　旦那さんと契約婚のはじめかた

庭の菜の花が咲きはじめたので、昼ごはんは菜の花サンドイッチを作ることにした。以前つぐみに作ってあげたら、お気に召したふうだったからだ。

蕾《つぼみ》のうちに摘んでおいた菜の花をまな板のうえでざくざくと切り、沸騰している鍋《なべ》に放り込む。ほどよいところで火を止め、氷水にさっとひたして水切りをする。冷蔵庫から厚切りベーコンと卵を出していると、テーブルに置いてあった葉の端末が振動した。

「はいはーい」

受信したメッセージを確認して、「えぇえええ……」と葉はひとり呻《うめ》く。

前のバイト仲間から、合コンのピンチヒッターの招集がかけられている。飲み代は出してくれるらしいけれど、かつてのようにそれにつられてほいほい出かけるわけにはいかない事情が今の葉にはあった。

「む、り、で、す、っと」

メッセージを打つと、「なんで」「どうして」「飲み代二倍出す」と一方的な金額交渉がはじまった。こちらが応答するまえに、「二・二倍」「二・二五倍」と地味にどんどん金額がつりあがっていくので、「あーもう！」と葉はすばやく文字を打ちこんだ。

『俺、半年まえに結婚したから無理』

メッセージを飛ばすと、既読がつくのを待たずに端末を裏返して置く。

テーブルのうえには、溶いた卵、厚切りベーコン、茹《ゆ》でた菜の花、マスタード、バター、近所のパン屋で買った焼きたての角食パンが並んでいる。下ごしらえが上々なことを確かめると、葉はキッチンから出た。

「つぐちゃーん」

母屋とは廊下でつながった離れのほうへ呼びかける。

「つぐみさーん？」

返事はない。これは聞こえてなさそう、と判断して、葉は年季が入った平屋の床板をぎしぎし鳴らしながら、離れに向かって歩きだした。

「奥さーん」

ガラス戸をあけた縁側からは葉が毎日世話をしている庭が見渡せる。

かつてつぐみの祖父が愛人のために建てたという木造平屋は、四季折々の花を咲かせる庭が自慢で、四月のこの時期は、菜の花のほかにも花韮《はなにら》、ジャスミン、ローズマリー、それから山桜が白い花を咲かせていた。

もう散りぎわだ。くるくるとひるがえった花びらが葉の前髪に落ち、指で払うと、風にのって半開きの障子戸に貼りついた。部屋の内側からぴんと張りつめた神事にも似た空気を感じて、葉は足を止める。

――この障子一枚を隔てた向こうに、俺の雇い主はいる。

そーっと中をのぞくと、襖《ふすま》を取り払った広々とした部屋に、一畳ほどはある巨大な和紙がひろげられていた。

紙に顔をくっつけるように背を折って、少女が筆で色を入れている。満開の桜を描いているようだ。スケッチをしたときの名残か、花瓶に挿した山桜がそのままになっている。彼女の周りには、すこしずつ濃淡のちがう赤の岩絵の具が絵皿に溶いてあった。

鹿名田《かなだ》つぐみ、十九歳。

法律上は葉の「妻」にあたる彼女の職業は画家だ。

背中まである長い黒髪を後ろで雑にまとめ、黒のニットにピンクベージュのガウチョパンツという普段着で作業をしている彼女は、絵の大きさに対して小柄でうすっぺらい。陶器のように白い膚《はだ》に、細い手足、猫っぽいすこし吊《つ》り気味の眸《ひとみ》は画上の桜を映してひかっている。どこか気品がある可憐《かれん》な見た目のつぐみは、だけどほとんどわらわないせいで、つめたそうだとか、ミステリアスだなんて彼女を知らないひとから言われることがある。

つぐみが絶賛作業中らしいことを察すると、葉は呼ぶのをやめて部屋の外であぐらをかいた。柱に背中をもたせて、つぐみの筆の音に耳を傾ける。葉は残念ながら絵心がないし、審美眼も持ち合わせていなかったが、一心に作業するつぐみを眺めているのは楽しい。

春の木漏れ日のなかで、まどろみながらつぐみの作業が一区切りつくまで待っていると、やがて筆を置く音がした。

「つぐみさん」

障子戸からひょいと顔をのぞかせると、つぐみは今きづいたようすで瞬きをした。

「おつかれ。昼ごはんにする?」

「うん」

うなずいて立ち上がるのかと思いきや、彼女は絵のまえでぺしょんと丸まった。

「うごけない……」

つぐみにはこういうことがよくある。一息つくと同時に燃料切れを起こすのだ。

「久瀬くん」

たすけを求めるように、つぐみが葉を呼んだ。

「葉くん」でも「葉」でもなく、丁寧に「久瀬くん」。つぐみは出会った頃からそうで、結婚しても呼びかただけは絶対に変えない。

「はいはい」

絵を踏まないように気をつけて回り込むと、葉はつぐみを抱き上げた。十九歳になるが、ぺらぺらに薄いつぐみは持ち上げても軽い。首に回されたつぐみの手や髪から、ほんのり岩絵の具のにおいが香った。

「昼ごはん何?」

「サンドイッチだよー。菜の花と卵とベーコンをはさんだやつ」

「あれ好き。まえも作ってくれたよね」

「庭の菜の花が咲きはじめたから、さっそく作ってみました」

離れから母屋までつぐみを抱えて戻り、居間の座布団にお姫さまみたいに下ろす。

「飲みものは何する？　紅茶淹《い》れる？」

「ミルクティーがいいな」

「はあい。まだあったかな、牛乳」

冷蔵庫のなかに残っていた牛乳を見つけ、茶葉と手鍋《てなべ》を用意する。

溶き卵を炒《いた》めベーコンを焼くと、切ったパンに菜の花、スクランブルエッグ、ベーコンの順に挟んだ。パンの内側にはマスタードとバターを塗ってある。

紅茶とサンドイッチを居間に運ぶと、つぐみは雑にまとめた髪をほどいていた。いつもはまっすぐな髪がこのときだけは四方にうねってヤマアラシみたいになっている。本人はぼーっとしていて、まだきづいてなさそうだし、かわいいから放っておく。

「お待たせ。ミルクティーは自分で砂糖入れてね」

「うん。ありがとう」

ちゃぶ台を挟んで向かい合い、いただきますをする。

スクランブルエッグと肉厚のベーコンに菜の花の苦みが効いてちょうどいい。カリッと焼いたベーコンの肉汁がパン生地ににじみだしてくる。葉はぱくぱくと半分に切ったサンドイッチを四つ食べて、つぐみはちまちまとふたつ食べた。デザートには、すこしまえに作った苺《いちご》のコンポートをヨーグルトのうえにのせて出した。

「そういえば久瀬くん、バイトは？」

食べ終えたお皿を流し台に運んでいると、つぐみが思い出したふうに訊《き》いた。

つぐみは絵を描いているあいだは、朝も昼も夜もなくて、そもそも時間という概念が消失している。今さらながら今が土曜日の十三時だときづいて、葉が家にいることに違和感を覚えたらしい。葉のバイトのシフトは土日とときどき平日の日中だ。

「今日はおやすみ。鴨志田《かもしだ》くんがこのあいだ風邪ひいて、代わってあげたぶん、今日はないんだって」

「ああ、風邪はやってるもんね」

「あとで生姜湯《しょうがゆ》作ろうか。予防にもなるから」

「うん」

普段の葉は美術大学で、施設管理スタッフのバイトをやっている。常勤スタッフの週休に入る臨時スタッフなので、時給はあまり高くはない。以前は小遣い稼ぎにヌードデッサンのモデルもやっていたのだけど、つぐみと結婚してからはつぐみ専属になった。

シンクでお皿を洗っていると、つぐみは所在なくその場をうろついたあと、葉の腰に腕を回してきた。寝室へのお誘いのようでいて、つぐみがやるとまるでそんなかんじはしない、猫が甘えるような仕草。

「久瀬くん」

葉の背中に額をくっつけて、つぐみがつぶやいた。

「かきたい」

背中越しに伝わる息遣いに目を細め、葉は水切りかごに皿を重ねる。

濡《ぬ》れた手を拭《ふ》いて、つぐみの頭を軽く撫《な》でた。

「いいよ。洗いもの終わったらね」


離れにあるつぐみの制作室は、いつも糸がぴんと張りつめるような独特の空気が流れている。

半開きの障子戸から舞い込んだ桜の花びらが、ぽつぽつと床に落ちていた。木製の椅子を障子戸を背にして置くと、シャツもチノパンも着ているものはぜんぶ脱ぐ。ポーズを指示する画家もいるけれど、つぐみは葉が椅子に座ると、勝手にスケッチをはじめる。

とくに何をしてほしいとも言われないので、葉は椅子のうえで半分あぐらをかいて、外の庭をぼんやり眺めていたり、冷蔵庫に残った野菜のことを考えていたりする。春の午後の静かな室内に、つぐみの鉛筆が動く音だけが響いている。この家の日常だ。

つぐみとは二年前、ヌードデッサンのモデルのバイトで知り合った。

当時のつぐみはまだ十七歳で、そんな多感な時期の女の子が若い男のヌードモデルを雇うなんて親御さんが眉《まゆ》をひそめるんじゃないかと心配したものだけど、実際のつぐみをまえにしたとき、勝手に抱いていた邪念はきれいに消え去った。葉を見つめるつぐみの眼差《まなざ》しは透明で、ひとつのやましさもない。ただ焦げつくような、モデルを紙に落とし込もうとする熱だけがある。

つぐみは幼少時に彼女の身に起きたある事件がきっかけで、日がなこの家にひきこもり、絵画制作を行っている。身体的には問題はない。ただ、心のほうの問題で、ひとりで家の外に出るのが困難な「ある弱点」を抱えることになったのだ。

もとをたどると、百年以上続く旧華族の名家であり、今も広大な土地を所有し、地方銀行を経営する鹿名田一族の娘であるつぐみは、葉が知り合ったときには、すでに彼女の祖父から譲られたこの家で、お手伝いさんつきでひとりで生活していた。

まだ十七歳の女の子が、本来なら何不自由なく暮らせるはずの家を出て、たったひとりで画業で生計を立てて暮らしている。そのあたりの複雑な事情を葉はよく知らないけれど、鹿名田家とつぐみの仲が良好ではないことだけはわかった。

――おねがい久瀬くん。お金あげるから、わたしと結婚して。

半年まえ、つぐみに突然持ちかけられたとき、葉はさほど迷わなかった。

小学生のとき、両親を失った葉には身寄りがない。十八歳で施設を出たあとはバイトをかけもちして生活した。家賃を払えずアパートを追い出され、公園のタコ型遊具で雨風をしのいでいたこともある。当時の日々を考えると、結婚なんてたいしたことではないし、むしろ自分に一時でも帰る家ができるということに惹《ひ》かれた。

かったらしい。

葉がうなずくと、つぐみのほうがびっくりした顔になった。ボストンバッグに三千万円を詰めて、葉のアパートまで押しかけてきたというのに、承諾されるとは思っていなかったらしい。

——わかった。いいよ。

——……いいの？

——うん、いい。つぐちゃんなら。

——わたしの事情は何も聞かないの？

——言いたいなら聞くけど、言いたくないなら聞かないよ。

——都合がよすぎる。

——そうかな。都合がわるいよりいいほうが、お互いよくない？

持っていたタオルをつぐみの頭にかけながら言うと、つぐみの表情が崩れた。いっぱいになったコップから中のものがあふれるみたいに、つぐみの眸《ひとみ》のふちに溜《た》まった水滴がぽろぽろと蒼白《あおじろ》い頰を伝う。タオルの下でつぐみは顔を隠すように俯《うつむ》くと、ときどき肩をふるわせながら静かに泣いた。つぐみが泣きやむまで、葉はしゃがんだまま、ずっとその場で待っていた。

あとになって知ったことだが、つぐみは当時、本家から勝手に望んでいない縁談を進められていたらしい。現代において、いまだに家同士の結びつきとか見合いという文化が名家では残っているというから驚きだ。相手がかなり年上で、妻に二度逃げられていたこと以外、葉は詳細を聞いてないけれど、つぐみは結婚をいやがって、相手の家と結納をかわすまえに葉との婚姻届を提出してしまった。

ただし、それは愛し合うふたりの駆け落ちといったロマンチックな話ではなく、三千万円と引き換えに、双方合意のもと結ばれた契約結婚である。重婚は法律で禁止されているから、つぐみは葉と結婚している限り、いやな相手と結婚しなくていいわけだ。

契約条件を確認するとき、はじめにつぐみは言った。性行為は契約外だと。

うん、わかった、と葉はうなずいた。つぐみとそういう関係になるなんて考えたこともない。

次につぐみは言った。結婚生活を営むための資金はすべてつぐみが出す、代わりにこれまでお手伝いさんに任せていた家事は葉がするようにと。

いいよ、と葉はうなずいた。料理も洗濯も掃除も得意だし、金銭的につぐみを頼るならすこしは働かないと。

最後につぐみは言った。

契約期間中はわたしを愛して。……愛するふりでいいから。

それまではきはきとしていたのに、最後の条項を口にするときだけ、つぐみは下を向いて、ずっと不安そうにしていた。結局、葉はぜんぶ承諾してつぐみが作った契約書にサインをしたけど、最後の条項に関するつぐみの真意はいまだにわからないままだ。

へくしゅ、とくしゃみが飛び出て、葉は我に返る。

いつの間にか空は茜色《あかね》に染まっており、クロッキー帳に突っ伏すようにしてつぐみは眠っていた。スケッチをしているうちに力尽きてしまったようだ。

脱いだ服を適当に身に着け、葉はつぐみを長椅子に横たえる。畳んであったブランケットを広げて、つぐみの身体にかけた。よく昼寝をするつぐみのために、葉が置いておくようにしたものだ。

「夕飯何にしようかなー……」

長椅子の端に腰掛けて、夕食の献立を考える。

お昼はパンだったから、できれば和食を中心にしたい。きのう買った豚肉があるので、新たまねぎとジャガイモと煮てもいいかもしれない。あとはスーパーで安く手に入った桜海老《さくらえび》のかき揚げ。春に一度はやりたいと思っていたメニューだ。でもそれなら、春野菜とあさりでうどんにするのもおいしそう。量が多いから豚肉はあきらめるか……。

よし、と勢いよく立ち上がろうとして、軽くよろける。

見れば、葉のシャツの裾《すそ》をつぐみがぎゅっと握りしめていた。

「つぐみさん、ひとのシャツ無意識でつかむのよしてー」

寝息を立てている奥さんに向けてちいさく文句を言う。

つぐみはあまりわらわないせいで、つめたいとか超然としているとかひとに言われることがあるけれど、こういうときはつめたさなんて欠片《かけら》もない、あどけない顔をして眠っている。いつもこんな顔でいてくれたらいいのにな、と思いつつ、短い前髪を指でいじる。それから、大事な雇い主を起こさないよう、つかまれたシャツをそっと外すと、ブランケットをつぐみにかけ直した。

二　奥さんと契約更新のしかた

——こんにちはー、久瀬です。

そのひとに出会ったのは、つぐみが十七歳の春のことだった。

久瀬葉は、はじめヌードデッサンのモデルとして、つぐみの師から紹介してもらったのだ。

幼い頃、自分の身に起きたある事件がきっかけで、家に閉じこもるようになって十年以上が経っていた。心の治療のためもあり、唯一習い続けていた絵は好きで、技術だけはプロと比べても遜色《そんしょく》ないほど上達していたけれど、知り合いの画廊の片隅に置いてもらった作品は一枚も売れない。この先の展望もなく、きっとそう遠くないうちに息をするのもいやになって死ぬんだろうなと思っていた頃に、つぐみは葉に出会った。

桜が舞い散るなか、家のガラス戸を引いて現れた男のひとにつぐみは一瞬で目を奪われた。

セピア色に近い髪は陽のひかりが射すと、金にふちどられていっそう輝き、膚《はだ》の色は抜けるように白く、長い睫《まつ》毛《げ》がかかる眸はやさしげなのに、どこか憂いを帯びている。水晶の内側にひかりが射し込んだときみたいな、透きとおったうつくしさだった。

なんてきれいなひとなんだろう。思ったけれど、口にはできなかった。

年は二十一歳。お金がなくて、つぐみの師が教鞭《きょうべん》をとる美術大学で施設管理スタッフとして働きながら、ヌードデッサンのモデルのバイトをしている。もたらされた葉に関する情報はそれくらいで、それ以外のことは師もあまり詳しくないようだった。

でも、葉が何者でもつぐみはかまわなかった。葉をまえにすると、まるで忘れていた息のしかたを思い出したみたいに、くるくると筆がよく動く。春の嵐に吹かれたみたいに凍っていた心が動きだす。

——葉くんは、つぐみちゃんの「オム・ファタル」だね。

いつだったか、知り合いの画商が葉をそうたとえたことがある。

オム・ファタル——女の運命を変える男。しばしば、破滅を伴うほどの、という枕《まくら》詞《ことば》がつく。

——あるいはミューズ。君は生涯の画題を得たんだね。

画商が予言したとおり、葉と出会った数か月後、つぐみは葉の背中と満開の桜を描いた「花がすみ」という作品を「ツグミ」名義で発表し、熱狂的な称賛を受ける。以来、つぐみは葉のヌードと花をテーマにした「花と葉シリーズ」と呼ばれる連作だけを描き続け、それらは画家としての「ツグミ」の名を揺るぎのないものにした。

時間を止めていたわたしの世界に、まるで春の嵐みたいに現れた男のひと。

一目見たときには、つぐみは葉が欲しかった。

それまで何かを欲しいなんて一度も思ったことがなかったのに、葉だけがどうしても欲しくなってしまったのだ。それがよいことなのか、わるいことなのかは、つぐみにもまだわからずにいるけれど――。

今日は月一回の契約更新日だった。

七か月前、見切り発車で結婚生活をスタートさせたため、つぐみは月に一度、契約更新日をもうけることにした。諸条件をその都度見直し、契約続行の意思を甲（＝つぐみ）と乙（＝葉）に問うのである。つぐみは葉の雇用主のようなものであるし、労働環境改善の交渉には誠意をもって応じなければ。

契約更新のための協議は、居間のちゃぶ台でひらかれた。

葉はいつもこの日の昼だけは家事を休み、代わりにコンビニで中華まんやチキンやカップデザートを山のように買ってきて、ちゃぶ台のうえに並べる。好きなときに好きなものを食べつつ、諸条件を確認するのである。まるで緊張感がない。

ちなみにつぐみは一回目の契約更新日に人生ではじめて中華まんを食べた。肉まんとあんまんを半分ずつで、神の食べものかと疑うほどおいしかった。今はピザまんを食べている。チーズがむにょんと伸びて、これもおいしい。

「梅雨に入るまえに庭の伸びすぎてる椿をどうにかしたいなー。ホームセンターで剪定《せんてい》バサミ買ってきていい？　なるべく一万円以内におさめます」

「いいよ」

葉には生活費として定額を渡しているけど、高額の出費が必要なときは事前に訊《き》いてもらうようにしている。といっても、つぐみに剪定バサミの相場などわからないので、五万でも十万でもそのまま許可しそうだが。

「あ、ついでにドアの戸車も買いたいです。離れの引き戸の調子が最近わるいから」

「うん、わかった」

「それと先月持ち越しになった、お風呂《ふろ》のあとはつぐちゃんの髪をちゃんと乾かしたい件、その後の進展はいかがでしょうか？」

ふにゃふにゃしているわりに、葉は記憶力がよくて、先月何を話し合ったのかもきちんと覚えている。「うーん」とつぐみが鈍い反応をすると、「髪はちゃんと乾かそうよー」と苦笑した。

「つぐちゃんの髪、せっかくさらさらなのに、ごわごわになっちゃうよ？」

「うーん……」

でも面倒くさいのである。放っておいたら勝手に乾くし。

「わかった。じゃあ、俺がドライヤーで乾かすから、つぐちゃんは座っているだけでいいよ」

破格の条件を出されて、「それなら……」としぶしぶつぐみはうなずいた。

「やったー！」と葉は自分のことのようにほくほくしている。どうしてそこで喜ぶのか謎だ。

一時間ほど話すと、双方の議題は出尽くした。

「じゃあ、今月も契約更新でいい？」

「はーい」

甲乙ともに合意に至り、七回目の協議は終わった。

協議と言いつつ、生活の細かなルールを決めたり、生活用品を購入するか決めたりする場にしかなっていない。葉がつぐみに対して追加の支払いを要求したり、これは不当労働だなんて言い出すこともなかった。契約結婚はびっくりするほどつつがなく、八か月目を迎えようとしている。

ノートパソコンで、つぐみが今日の議事録をまとめていると、葉はラックに置いているドロップ缶に百円玉を入れた。いいことがあったときにしている貯金らしい。

以前、そんなにお金を貯めたいならと一万円札を折って入れようとしたら、あわてて止められた。そういうものではないのだという。そういえば、葉は駅を挟んで北と南にあるスーパーのチラシを見比べて、今日はどちらのスーパーのほうがあれとそれが安いとか、今日は肉の日だから鶏もも肉と豚のロースを買うのだとか、つぐみからすればどちらでもいいように思えることに日々、頭を使っている。

べつに食材の入手にそこまで手間暇をかけなくても、欲しいならいくらでも通販で手に入れてあげるのに。でも、牛肉を買い損ねた葉の代わりに高級松阪牛《まつさかぎゅう》をお取り寄せしようとしたら、やはり全力で止められたので、以来、つぐみも安易にお取り寄せをするのは控えている。それに、十円単位まで削りに削って入手した格安食材から作られる葉のごはんは、いつだってとてもおいしい。

「つぐみさん、最近ずっと絵を描いてるね」

ちゃぶ台に残ったカップデザートの蓋《ふた》を開けながら葉が言った。

「きのうも朝まで作業してたでしょ？」

「九月のグループ展に出すの。納期が近くて」

つきあいがある画廊のオーナーの鮫島《さめじま》から誘いを受けたのは半年以上まえのことだ。鮫島が主催で、「まほろば」をテーマに若手の画家たちの作品を展示するらしく、その場で購入ができる販売会もかねている。

「そういえば、あした鮫島さんが展示のことで相談に来るって言ってた」

「そうなんだ。何時？」

「二時」

「じゃあ、鮫島さんが好きなほうじ茶プリンを用意しとこう」

鮫島とは、葉も何度も顔を合わせている。

はじめはどこの馬の骨かわからない葉を警戒しているようだったけど、葉の屈託のなさに毒気を抜かれて、今では毎度葉が淹《い》れるお茶とお菓子に舌つづみを打っている。結構、単純だ。葉がひとの懐に入るのが異様にうまいのかもしれないけれど。

「つぐみさん、あーんして」

すこしぬるくなったほうじ茶を飲んでいると、葉がカップデザートの中身をスプーンですくって差し出してきた。パンナコッタにベリーソースがかかっている。おそるおそる口をつけると、コンビニスイーツらしい甘さがぎゅっと頬を痛ませた。まずくはないけど、葉が作るもののほうがおいしい。

「久瀬くんのパンナコッタのほうがおいしい」

「そう？　じゃあ久しぶりに作ろうかな」

「ほんとう？」

思わず声を弾ませると、葉はふにゃりと屈託なくわらった。

一見すると、憂いや果敢《はか》なさすら感じさせる容姿をしているのに、葉の性格はまぎれもなく陽だ。明るくて、素直で、屈託がない。いつのまにか気をゆるして、心の内側に招いてしまうような、ふしぎな力が葉にはあった。

「さっきの百円玉……」

葉が貯金箱代わりにしているドロップ缶に目を向けて、つぐみは口をひらいた。いいことがあるとする貯金は、葉がいいことを見つけるのが得意なおかげで、着実に貯まりつつある。

「今日のいいことはなんだったの？」

「あーそれはね……」

「もしかして、お肉の日だった？」

思いついて尋ねたつぐみに、葉はすこし不満げな顔をした。

「お肉の日は二と九がつく日なので今日じゃありませんー」

「なら、お魚の日？」

「つぐちゃん、特売デーからいったん離れよう」

しばらく考えてみたが、やっぱりわからなくて首を振る。

「ほら、今日は七回目契約更新おめでとうでしょ？」

たいしてもったいぶらずに葉は教えてくれた。

「……それはおめでとうなの？」

「めでたいよー。では奥さん、更新記念の夕ごはんは何が食べたいですか？」

「ええと……焼きうどん」

とっさに思いつかず、おめでたさがあまり感じられないメニューを口にしてしまった。

「わかった、焼きうどんだね」ととくに気にしたふうもなく、葉はつけあわせの副菜を考えはじめる。

くすぐったいような、ほろ苦いような複雑な気持ちがこみ上げる。葉はいつもあまりに自然に「旦那《だんな》さん」役をこなしてくれるので、つぐみはときどきどんな反応を返したらいいかわからなくなってしまう。更新記念の夕ごはんを考えてくれてうれしいのに、素直に喜ぶことができないのだ。

「そういえば、今朝、軒下にツバメが巣を作ってたよ」

つぐみの湯のみにお茶を注ぎながら葉が言った。

「どこの軒下？」

「ええとねー……」

すこし考えたあと、何かを思いついたようすでふわりと微笑みかけられる。

「じゃあ探してみて？　見つけたら、おっきなパンナコッタ作ってあげる」

「う、うん……」

つぐみは探しものが下手なので、あまり見つかる気はしなかった。

鼻歌をうたいながら、スーパーの特売のチェックをはじめた葉にそっと目を向ける。

結婚してもう八か月目になるのに、葉がとなりで夕飯のメニューを考えたり、何てことはない話をしたりしている日常につぐみはいまだに慣れない。


翌日、鮫島は二時ぴったりにやってきた。

外からインターホンが押され、「どうぞ」とつぐみがこたえると、勝手に引き戸を開けて入ってくる。つぐみが小学生の頃からつきあいがある鮫島は、礼儀なんてあってないようなものだ。

「やーやー、鹿名田先生、ご無沙汰《ぶさた》してます。元気ですか」

鮫島はもともと祖父——鹿名田本家に出入りの画商だった。年齢は五十過ぎのはずだが、はじめて会ったときからまるで老けない。というか年齢不詳なのだ。今日も仕立てのよいブリティッシュスタイルのスーツを着て、色の入った眼鏡をかけた鮫島は、口元に胡散臭《うさんくさ》い笑みを浮かべている。

「ご無沙汰って、二週間まえにも来ていたじゃないですか……」

「まあ、そうつれないことを言わずに。ときどき客人がいないと、君も暇でしょ」

「暇ってわけじゃ。……べつにいいですけど」

息をついたつぐみは、鮫島の後ろに見慣れない顔を見つけて瞬きをする。

だぼっとしたズボンのポケットに手を入れて、やる気がなさそうに突っ立っている青年。歳はつぐみより四つか五つくらい上に見えるから、葉と同世代だろうか。切れ長の鋭い目をしていて、髪は目の覚めるようなフラミンゴ色だった。

「ああ、彼ね。羽風《はかぜ》くん」

つぐみの視線を受けて、鮫島が紹介した。

「ここに来るまえ、打ち合わせしててさ。彼、つぐみちゃんの絵のファンなんだって」

「そうですか」

ファンなのか知らないけれど、赤の他人を家まで連れてこられても困る。

気持ちが顔に出ていたのか、「……つぐみちゃん、まさかと思うけど」と鮫島が眉《まゆ》をひそめた。

「『まほろば』の参加者、把握してない？　羽風くんもメンバーのひとりだよ」

――してなかった。

基本的に家に引きこもって制作を行い、自作が飾られていようが展覧会にも画廊にもほとんど足を運ばないつぐみは、参加メンバーのひとりなんて言われても、すぐにはぴんと来ない。そういえば、鮫島から企画書をもらったときに羽風の顔写真を見たような気もする。いや、どうだっただろう。興味がないことに関しては、すべてあやふやだ。

「ええと、じゃあどうぞ……」

ぼそぼそと言って、もうひとりぶんのスリッパを用意する。

「どーも」と羽風は感情の読めない一瞥《いちべつ》を投げ、雑に返事をしただけだった。

鮫島相手だと油断していたから、つぐみひとりの出迎えで、葉はキッチンで夕飯のアクアパッツァを作っている。鮫島と羽風を客間に通すと、つぐみは小走り気味にキッチンに向かった。

「久瀬くん」

「あ、鮫島さん来た？」

「うん、あとひとり、フラミンゴがいる……」

「フラミンゴ？」

つぐみは真面目に言ったのだが、「えっどこ！　見たい！」と葉は前のめりになった。菜箸《さいばし》を置いて飛び出そうとするので、つぐみは葉のパーカーの裾《すそ》を両手で引っ張る。

「ちがうよ。フラミンゴ色の髪の男のひとだよ」

「え？　ああ、なんだ、色か－」

「お茶とお菓子、ひとりぶん多く用意できる？」

「大丈夫。多めに作っておいたからね」

葉はコンロのうえに水を入れた薬缶《やかん》を置いた。

お茶出しは葉に任せることにして、つぐみは客間に戻る。

鮫島と羽風はテーブルに出した資料を見て、打ち合わせをはじめていた。

「ああ、鹿名田先生」

つぐみにきづいた鮫島が「これ展示案なんですけど、見てもらえます？」と会場図がのった大きな図面をひろげる。

「鹿名田先生は今回、屛風《びょうぶ》に見立てた大作を二点でしたよね」

「そうです。対になるかたちで」

企画の打ち合わせをした際に、つぐみのほうから提案したものだ。

今回は赤の曼珠沙華《まんじゅしゃげ》と白の曼珠沙華の絵を二曲一双になるように描く。

すでに構想は終えて、固めたデザインを転写し、墨を入れる作業に移っている。つぐみの作風の特徴は、精緻《せいち》な刺繍《ししゅう》を思わせる植物の細密画で、この描き込みにはかなりの労力と時間がかかる。屛風の大きさの大作ともなれば、ひと月は描き続けることになるだろう。

「えー、販売会で大作ってどうなんですか。小品のほうが売れるでしょ」

「そうは言っても鹿名田先生だからね。売れますよ。今回も何人かが競るんじゃないかな？」

　つぐみは一般の知名度はまだ低いが、一部の層に熱狂的な人気を持つ画家だ。これまでに発表した「花と葉シリーズ」は軒並み売れて、いくつかは数百万円という高額で取引されている。

「失礼しまーす」

　タイミングを読んだ明るい声が挟まれて、襖《ふすま》から葉が顔を出した。

「鮫島さん、こんにちは。来るって聞いたから、ほうじ茶プリン作っておいたよー」

「ああ、あのプリン！　前に食べたとき気に入っちゃったんだよねぇ」

　淡いほうじ茶色のプリンがガラス器にのせて出される。それに軽い味わいの茎ほうじ茶。礼儀作法というものを学んでいない葉は、ぽいぽいと無造作に茶器とプリンを置いていく。だけど、ふしぎと嫌なかんじはしない。無造作だけど雑ではないし、葉はひとのことをよく見ている。

　羽風をちらっと見た葉は、ほんとうにフラミンゴ色だ、という顔をした。もちろん羽風相手には何も言わなかったし、「どうぞ。ほうじ茶きらいじゃなかったら」と当たり障りのない言葉をかけただけだ。

　羽風のほうはじっと探るように葉を見た。

　前髪の下の目が猛禽《もうきん》のようで、なんだかいやだな、とつぐみは眉根を寄せる。普段、限られた人間しか入らないこの家に知らない人間がいることに、神経質になっているのかもしれない。

「じゃあ、鹿名田先生、わたしたちはすこし外しますんで」

展示案についてひととおり確認を済ませると、鮫島は葉を連れて庭に独立して立つ蔵に向かった。この家の蔵に眠っていた陶磁器が結構な名品だったらしく、陶磁器フェチの鮫島は前々から撮影の機会を狙っていたのだ。

鮫島としては、ついでに画家同士の交流を、と気を利かせたのかもしれないが、羽風とふたりきりで残されたつぐみのほうはたまったものではない。鮫島や葉とちがって、つぐみには初対面の人間と打ち解けて盛り上がるなんて芸当はとてもできない。

しばらく向かい合ったまま黙りこくっていると、

「――あれ、『花と葉シリーズ』のモデルしてるやつ？」

ほうじ茶プリンをスプーンですくいながら、羽風が尋ねた。

葉のことを言っているのだろう。ちがう、と否定しようとして、口を閉ざす。つぐみの作品に葉個人がわかるように描いたものはないけれど、見るひとが見れば、顔貌《がんぼう》をかたちづくるひとつひとつのパーツや、手や骨の形から「花と葉シリーズ」のモデルが彼だとすぐに見抜ける。画家である羽風なら、なおさらだろう。

「……そうです」

もごもごと答えると、「やらしー」と羽風が咽喉《のど》を鳴らした。

「モデルを家に囲っているとか、明治大正期《めいじたいしょう》の画家かよ」

「か、囲ってはいない」

葉との契約は、双方が合意のうえで結んだものだ。

ふうん、とあまり響いていないようすで羽風は首をひねった。

「じゃあ、ほんとうにただの恋人？」

「それは……」

「あんたの絵って、えろいのに生の肉っぽさがないんだよなー。まあ、そこがいいんだけど」

つぐみがうまく切り返せないのをいいことに、羽風は好き勝手言っている。

生の肉っぽさ。思い当たる節はあったけど、どうしてそれを初対面の羽風に言われなくてはならないんだろうと苛立《いらだ》ちがこみあげる。つぐみがうまくつきあえるひとなんて、葉みたいな例外を除いてほとんどいないが、羽風は絶対に苦手だ。

「鮫島さん、そろそろ呼んできましょうか」

さっさと帰らせたい一心で尋ねると、羽風は行儀悪くテーブルに頬杖《ほおづえ》をついたまま、腰を浮かせたつぐみを見上げた。

「鹿名田せんせーさあ、子どもの頃、誘拐事件に遭ったってほんとう？」

「……誰から聞いたんですか、それ」

表情を消して、つぐみは尋ねる。

「いや、単なる噂。まほろば展に参加する別の画家から聞いた」

「そう」

「べつに嘘ではないから」

「否定しないんだ？」

つぐみは本名、年齢、性別、出身地すべてを公表していない画家だ。

ただ、画業で関わる人間相手にはそうもいかない。鮫島はあれで口が固いが、つぐみがそれなりに名の通った名家、鹿名田家の娘であることは一部の同業者や画商のあいだでは知られている。そして、鹿名田つぐみの名を検索すれば、過去の事件記事は今でも簡単に見つかってしまう。

「身代金目的の誘拐で、容疑者死亡による不起訴だっけ。鹿名田さん、もしかしてそいつ殺《や》ってたりする？」

つぐみは思わずわらってしまった。

「当時、わたし六歳ですよ？　どうやって」

「さあねー。ただ、あなたの絵を見たとき、あーこいつ絶対ひとりは殺ってそうって思ったんだ。鮫島さんに言ったことはほんとう。あなたの絵のファンなんですよ俺？」

口角を上げる羽風のふてぶてしさに、つぐみは閉口する。

――このひと、性格がわるい。

ふたりきりになったところを狙って事件の話をするなんて、いやみとしか思えない。

空になった茶器とガラス器を下げつつ、金輪際フラミンゴは出入り禁止にしよう、と心のなかで決めた。


陶磁器のコレクションを写真におさめた鮫島は、上機嫌そうに羽風と帰っていった。


「どしたの、つぐみさん」

見送りをするあいだ、無意識に葉のパーカーの裾《すそ》をつかんでいたらしい。きづいた葉に顔のまえで手を振られ、「え？」と我に返って葉を見返す。

「さっきから足ばっかり見てるから」

「……あのひと、すきじゃなかった」

「あのひと？」

「フラミンゴ……」

「あー、ほんとに髪の毛、フラミンゴ色だったね？」

おかしそうにわらって、「じゃ、塩まいとこうか」と葉は一度台所に戻った。ほんとうに塩が入ったプラスチックの容器を持ってくるので、つぐみはびっくりする。

「外にまいたら、怒られない？」

「誰も見てないし、怒られないよー。じゃあ、砂糖にする？　蟻が喜ぶかも」

ちいさくわらって、「えいっ」と葉は計量スプーンですくった塩を外にまく。

ゆるやかな放物線を描いて、青空に白い結晶が舞う。

風にひるがえる葉のパーカーは白く、手足はのびのびとしなやかで、つぐみは一羽の鳥のような葉のすがたを見ていると、なんだか泣きたくなってくる。わたしを捕らえてしまったさまざまなものが、このひとまで捕らえませんように、との一瞬だけは本気で祈る。でも、次の瞬間には葉にどこかに飛び立たれてしまうことがこわくて、白いパーカーの裾に両手を伸ばしてしまう自分がいることも知っている。

葉がこの場所にいるのは三千万円でつぐみが買ったからで、契約がなくなったら、いつだってどこへでも好きな場所へ行ってしまえる。それがわかっているから、つぐみはときどき無性に不安になるのだ。

――おねがい、君だけはどこにも行かないで。

でも、そんなことはとても口にできない。

「つぐちゃんもやる?」

「……うん」

振り返った葉が容器とスプーンを差し出してきたので、つぐみは葉のパーカーからこわごわ手を離した。

＊・・・＊・・・＊

今日は朝から絵に向かっている。きのうも、おとといもだ。

九月のグループ展の納期が来月末に迫っているため、そろそろ本気で取りかからないと間に合わない。絵を納めたあとは表装のために専門の職人に頼むことになるし、つぐみの今回の作品はどちらも大作なので、表装にも時間がかかる。

墨で輪郭線をなぞった線画を完成させてしまうと、あとは地道な彩色の作業だ。暗い背景に浮かんだ赤の曼珠沙華《まんじゅしゃげ》と白の曼珠沙華に、岩絵の具ですこしずつ色を入れていく。彩色の作業は好きだけど、ずっと赤と濃い赤と淡い赤のあいだを見つめているような感覚があって、目の奥がじーんと痛くなる。

以前そんなことを言うと、葉は電子レンジで温めるアイピローを買ってきてくれた。作業を中断して、アイピローを温めてくると、制作室の隅に置いた長椅子にくてっと横たわり、目のうえにのせる。

「つぐみさーん」

半分ひらいた障子戸から葉が顔をのぞかせたので、「なに？」とつぐみはアイピローを外した。カーディガンを羽織った葉が自転車の鍵《かぎ》を手のなかでくるりと回す。

「買い物いってくるね。一時間くらいで戻るから」

「うん」

「玄関の鍵は閉めます。居間の引き戸と洗面所とトイレのドアは開いてるから。オッケー？」

「オッケー」

「じゃ、いってくるね」

「いってらっしゃい」

足音が完全に聞こえなくなったところで、ブランケットを引き寄せ、目を瞑《つぶ》る。すこし休むだけと思ったのに、お昼以外はずっと作業をしていたからか、それともアイピローの効果か、とろとろと長椅子のうえで寝入ってしまう。

風除《よ》けのためにかけた簾《すだれ》の向こうで、さやさやと葉っぱが揺れている。長椅子からは染みついた岩絵の具と膠《にかわ》のにおいがした。葉はすごいにおい、と顔をしかめるけど、つぐみは膠のにおいがべつにきらいではない。ずっと身近にあったものたちの気配に包まれて、安堵《あんど》する。ここは平和だ。とても、とても平和だ。

――鹿名田さん、もしかしてそいつ殺ってたりする？

まどろみのなかで、急によみがえった声に身体がびくっとのけぞった。

アイピローが目のうえから落ちる。拾い上げると、とっくに冷めていた。

いったいどれくらい時間が経ったのだろう。時計を確かめると、四時を過ぎていた。葉が家を出たのは昼食を食べてすこししてからだから、ゆうに二時間は経っている。

「久瀬くん？」

長椅子から立ち上がって、つぐみは部屋を出た。

出がけに葉が言ったとおり、居間の引き戸は半分開けたままにしてあった。けれど、葉がいると思ったキッチンはしんと静まり返っている。

「久瀬くん」と声をかけながら歩いて、玄関にたどりつく。葉がいつも履いているスニーカーは、三和土《たたき》のうえになかった。出かけたまま、まだ帰ってきていないのか。

どうしたんだろう。今日はずいぶん遅い……。

所在なく上《あ》がり框《がまち》に腰掛けて、葉の帰りを待つ。

格子が入った曇りガラスの引き戸は、外から施錠してある。夕方の薄くなりはじめた陽が射して、滲《にじ》むようにひかる引き戸をつぐみはぼんやり見つめた。ガウチョパンツから伸びたつぐみの足は何もはいていないせいで、爪先がつめたくなっていた。冷えた両膝《ひざ》を引き寄せて顎《あご》をのせる。

ほとんど家を出ることがないつぐみは、いつも葉を待つ側だ。

それがわかっているからか、葉は出かけるとき、何時に帰ると約束するのを忘れない。

でも、そんなのは口約束で、ほんとうは葉はいつだって約束を反故《ほご》にして、つぐみがあげた三千万円を持って好きなところへ行ける。葉に本気で逃げられたら、つぐみに葉を追いかける手立てはない。こんなろくにわらいもしない子のご機嫌取りを毎日しているのは、きっと退屈だろう。染みがひろがるように不安が募っていく。

(久瀬くんも、ほんとうはここにいたくないのかもしれないし……)

五時のチャイムが聞こえてきたので、つぐみは膝から顔を上げた。

遅い、と思う。もしかしたら何かあったのかもしれない。

何かどうしても家に帰れないようなこと——事故とか。

ちょうど見計らったように、外で救急車のサイレンが鳴り響き、つぐみは肩を跳ね上げる。

ここからは離れているようだけど、どこでだろう。現実的な不安が膨らんできて、つぐみは三和土のうえに下りた。鍵のかかったガラス戸に手で触れる。まだサイレンは聞こえていた。

深呼吸をして、サムターン式の錠を回そうとする。

——つぐみちゃん。

直後、すぐ耳元で「彼」の声がよみがえった。

目のまえの見慣れた引き戸が、端が錆《さ》びたスチール製のアパートのドアに変わる。

——あけたらだめだよ。

——こわいことが起きるよ。

つまみにかかっていた指先が小刻みにふるえだす。

しばらく抗《あらが》おうとしたけど、やっぱりだめで、つぐみはガラス戸から跳ねるように離れて、その場に座り込んだ。全速力で走ったあとみたいに心臓がばくばくしている。こういうとき、普段は一定のリズムを刻んでいるはずの鼓動が変なほうに跳ねて、戻そうとするのに好き勝手散らばってしまうかんじがして、こわい、こわい、と思う。

でも、ほんとうは何も起こっていない。診てもらった病院でも、だいじょうぶですよ、と先生が安心させるようにつぐみに言った。心臓はちゃんと動いていますよ。だいじょうぶ。何も問題はない。問題はない。

それなら、だいじょうぶじゃないのは「わたし」のほうなのだろうか。

だったらそのほうがもっとこわい。ずっと、ずっとこわい。

嗚咽《おえつ》の声が微《かす》かにこぼれ、涙が滲んでくる。

そのとき、がらがらと平和な音を立てて引き戸が開いた。

「ただいまー……ってあれ？」

離れに聞こえるように声を張った葉が、すぐ足元に座り込んだつぐみを見つけて血相を変える。

「つぐみさん、どうしたの？　具合わるい？」

「ちが……君が帰ってこないから」

すこし強めの、かぶさるような口調になった。責めたつもりはないのに、責めた言いかたになったことにおののいて、しどろもどろに続ける。

「じ、事故にあったのかもって、おもって……」

「あ、ごめん。途中で自転車がパンクして、自転車屋さんに行ってた。いちおう、スマホにメッセージ送っておいたんだけど……」

つぐみのスマホは三日にいっぺんくらいしか稼働しなくて、あとはだいたい充電切れを起こしている。画業関連の人間なら至急のときは家の固定電話にかけてくるし、スマホで連絡を取るような友人もいない。今日もたぶん充電切れだろう。

首を横に振ると、「既読つかないから、そうだと思った」と葉は苦笑した。

まだ胸を押さえているつぐみにきづいて、ゆっくり背中をさすってくれる。葉の手は大きくてあたたかい。好き勝手散らばっていた鼓動は、葉がつぐみの背をさすっているうちに、徐々に落ち着いてもとの場所に戻っていった。力が抜けて、くたりと葉の肩に寄りかかる。

ときどき、わたしは葉に依存しすぎている、と思う。

つぐみは幼少時の誘拐事件のせいで、「閉まったドアを開けること」ができない。鍵をかけられていていても、いなくても、たとえ自分の手のなかに鍵があったとしても、ドアが閉まっている、ただそれだけでどうしても開けられなくなってしまうのだ。

だから、この家のドアは居間に洗面所、離れにある制作室、果てはトイレや風呂場《ふろば》に至るまですこしずつ開けられている。夜は防犯のために雨戸を閉めるけど、つぐみが起きだすまえに葉が開けてくれる。

鹿名田の両親は、幼いつぐみを連れて、高名な医者のもとをめぐった。カウンセリングに投薬治療。いろいろ受けたけど、だめだった。そもそもつぐみは他人とふたりきりになるカウンセリングルームも苦手だ。

外に出ることはほとんどなくなり、心を閉ざして日がなぼんやりしていることが多くなった。名家の令嬢としてほとんど役立たずになったつぐみを家族は扱いかね、祖父にこの家を譲られるまで、屋敷の奥深くに用意された部屋で絵を描いて寝起きするだけの生活を送った。

本家から結婚を命じられたのは、この家に暮らしはじめて二年ほど経った頃のことだ。

相手は明治時代からある名家の長男で、つぐみよりひとまわり以上年上というだけでなく、聞けば、すでに二度妻に逃げられているという。見合いのために、無理やり連れていかれた先方の屋敷では、「妻」にあてがわれる部屋に外から何重にも鍵《かぎ》がかけられ、嵌《は》め殺《ころ》しの窓には格子までつけられていた。

蒼褪《あおざ》めたつぐみに、おまえはただ絵を描いていればいいから、と両親は言った。この部屋にさえいれば、あとは何もしなくていいから。おまえみたいな役立たずでもいいって人間がやっと現れたんだぞ。

いやだ、と首を振って、つぐみは見合い相手に見せるためだけに着せられた装飾の多いロングワンピースをひるがえすと、通帳と印鑑を持って逃げた。その足で銀行から三千万円を引き出す。それは鹿名田の資産ではなく、つぐみが画業で稼いだお金だった。

三千万円は、つぐみが誘拐されたときに犯人が身代金として要求した額だ。

祖母と両親は支払いに難色を示したという。鹿名田家は広大な土地を所有するとともに、長きにわたって地方銀行を経営している。彼らは犯罪者に金が渡ることが銀行のイメージを下げかねないと考えたのだろう。でも、それらはある程度分別がつく年齢になってから考えたことで、六歳の子どもに過ぎなかった当時は家族に見捨てられたという事実にただ打ちのめされた。

三千万円は、つぐみの値段として高いのだろうか、安いのだろうか。

お金がないわけではないのに、用意してもらえなかった自分は、三千万円の対価には見合わない子どもだったということか。そうかもしれない。つぐみは周りに比べて出来がわるい娘だった。でも、あの頃はそんな自分でも家族に愛されて、たすけてもらえると信じていたのだ。

下ろしたお金をボストンバッグに詰めるとき、わたしはわたしの三千万円で欲しいものを買う、と決めた。

まずは自分の「夫」を買おう。「愛」も……愛だって。

この世にお金で買えないものはない。

お金で心がぐしゃぐしゃになった自分が言うのだから正しい。絶対に。


「久瀬くん。腰が抜けた……」

三和土から立ち上がることができず、葉のカーディガンの裾《すそ》を引っ張ると、「ふふ、はいはい」とわらって葉が手を差し伸べてきた。膝裏と背に手を回して抱き上げられ、つぐみは葉の肩にしがみつく。

葉に抱えられて縁側を歩いていると、紺色の影が視界の端をすばやく動いた。

「あ」とつぐみはつぶやく。庭に面した軒下に作られたちいさな巣があった。

「見つけた、ツバメ……！」

つい弾んだ声を上げてしまう。恥ずかしくなってすぐに口を閉じたけれど、こちらを見つめる葉の眼差《まなざ》しはやさしい。

「雛《ひな》がたくさんいる。……三羽？　四羽？」

「実はちいさい子もいて、五羽いるよ」

「うそ、ほんとうに？」

隠れている雛鳥を見つけたくて、つぐみは高い位置にある巣を背伸びして見上げる。

葉はわらって、つぐみの身体を支え直した。

「つぐみさん、知ってる？　ツバメってしあわせな家にしか巣を作んないらしいよ」

「そうなの？」

「鮫島さんが言ってた」

情報もとが鮫島だととたんに嘘っぽい。

ほんとうかなあ、とつぐみはつぶやいた。

この家にあるのはかりそめのものばかりで、葉が毎日ここへ帰ってくるのも、ごはんを作って、つぐみの髪にドライヤーをかけて、今こうして抱き上げてくれるのも、三千万円の対価としての「愛しているふり」に過ぎない。

葉は愛しているふりがとてもうまいから、ツバメも一緒に騙《だま》されたのだろうか。でも、それなら最後まで騙されていてほしい。やがてこの巣を飛び立って、別の家に行ってしまっても。騙し続けてほしい。おねがい、さいごまで。

「そうだといいなあ……」

祈るようにつぶやき、つぐみは夕空に背を向けて葉の首に腕を回した。

三　旦那さんと元カノ前線到来

連続十日間、東京では雨が降り続いている。

雨はきらいじゃないけど、洗濯物を外で乾かせないのがいただけない。十日も続くと、寝具はどことなく湿気を含んで重たく、タオルもシャツもくたっとしている。ちなみにつぐみの背中まである長い髪は、日々の葉の努力とちょっと高めのヘアオイルによってさらさらまっすぐを維持している。

「葉くん。奥さんの写真見せてよー」

バイト先の美大で、仰向けになって、水漏れしている排水管に応急処置用のテープを巻いていると、講師の如月茜音《きさらぎあかね》が声をかけてきた。

契約金三千万に加え、今の生活は衣食住の保障つきなので、ほかに仕事をする必要はなくなったのだが、美大のバイトだけはなんとなく続けている。内容は施設管理スタッフで、来客があったときの応対や部屋の鍵の貸し出し、施設内の見回りに簡易修繕など。葉が入っているのは土日の日中と、メインで仕事をしている常勤スタッフの代打で、今日は代打のほうだった。

「あれ？　俺、如月に奥さんの話なんてしたっけ」

「鴨志田くんが言ってた。このあいだ、飲み会で」

「口かるいねー。あいかわらず」

鴨志田は常勤の施設管理スタッフだ。確か継続雇用の書類を書いていたときに、横から紙をのぞかれてばれたのだ。葉は周囲に結婚したことを話していないし、結婚指輪も持っていないので、鴨志田も如月もはじめ冗談だと思ったらしい。

如月は講師室のデスクで学生たちが提出したレポートの採点をしている。

如月自身は彫金をメインとする造形作家で、美大の工芸科で働いているが、教授とちがって講師の身分だと事務仕事も多いらしい。食べていくにはしかたないけどね、とよくぼやいている。長身で細身の如月はファッションモデルのようで、ショートボブからのぞく耳元には自身がデザインした銀の輪っかを組み合わせたピアスが下がっている。

「奥さんどんなひと？　かわいい？」

「むちゃくちゃかわいいよ」

素で返すと、「のろけるな」と足を軽く蹴《け》られた。

「いくつ？」

「十九歳」

「うそ、若くない？　結婚したのいつ？」

「半年くらいまえだから、高校は卒業してる歳だったと思うけど」

「思うってなによ」

呆《あき》れたように如月が半眼を寄越《よこ》した。

「あ、もしかしてあの頃急にデッサンモデルのバイトやめたのも、だから？」

如月は結構、細かいところで察しがいい。排水管の修理で葉がひっくり返っているのをいいことに、「えい」と近くに転がっていた葉のスマホを取り上げ、ロックを解除した。

「えっ、ロック解除した今？　なんで？」

「つきあっていた頃からパスワードを変えていない君がわるい」

「いや、もう赤の他人でしょ。じゃなくて、ひとのスマホ、勝手に見たらだめでしょ」

「はいはい、写真フォルダはどこかなっと」

すぐに取り返したかったが、ちょうど手がふさがっているせいで身動きが取れない。

補修テープを巻き終えて排水管の下から這《は》い出すと、「わっかーい」と長椅子のうえでブランケットにくるまって眠るつぐみを写した写真を如月が見ていた。写真嫌いなつぐみにきづかれないよう、こそっと撮影したものだ。ロックをかけて一枚だけ保存してあったのに、なぜ見つける。

「葉。この子と会わせてよ」

「え、やだよ」

「元カレがわるい女に引っかかってないかわたしが査定してあげよう」

「結構です。ノーセンキュー、ノーセンキュー」

元カノと今の奥さんが顔を合わせるなんて、修羅場っぽい。

とはいえ、つぐみは葉に対して恋愛感情はないわけだから、案外ほのぼのと「はじめまして」みたいな雰囲気になるのだろうか。想像しかけて、いやいやと首を振った。つぐみがわるい女に見えるわけがないが、契約結婚がばれるのはまずい。

葉のほうは今さら世間体もないけれど、つぐみは「モデルの男にうつつを抜かして結婚までした放蕩娘《ほうとう》」という設定で、鹿名田家の縁談をまぬがれたのだから、葉も外ではせいぜいそれっぽくふるまっていないと。

「というかね、つぐみさんがわるい女なんじゃなくて、つぐみさんを引っかけたわるい男が俺だから」

どやっと宣言すると、「ええー？」と如月が怪訝《けげん》そうに眉根《まゆね》を寄せた。

「どのへんが？」と訊《き》かれて返答に困った。どのへんだろう。

「俺って、ほら、結構わるい男だったでしょ？」

「そうなの？」

「そうだよ。ええと、お金ないしね？　住む場所がなかったときもあるしね？　今だって、奥さんの持ち家で衣食住ぜんぶ養ってもらってるヒモ相当っていうか――」

全面的に事実だが、言っているうちに自分でもしょうもなくなってきたので途中でやめた。方針転換だ。自分を下げるのはやめて、つぐみのすばらしさについて如月にプレゼンすることにしよう。

「対するつぐみさんは、すごーくいい子なんだよ。ちょっと気難しいけど、いつもおいしそうにごはんを食べてくれるし、どこでも寝ちゃうのもかわいいし、月に一度、労使交渉までひらいてくれる、このうえなくよい雇い主で――」

「やといぬし？」

「いや、いい奥さんなんだよ。お金持ちだし」

「ふうん。十九歳っていうと大学生？　何やってるの？」

「く、くりえいたー……？」

画家、と言っていいのかわからないので、ぼかしてみた。ちなみにつぐみは高校は一日も登校せず中退しているし、大学は受験すらしていない。

「クリエイターってほんとにー？　君、結婚詐欺とかにあってないよね？」

「つぐみさんがそんなことするわけないでしょ」

「だって、君みたいなひとが結婚なんて、正直冗談としか思えない」

「それどういう意味？」

言い合っていると、如月の手のなかにあった葉のスマホがふいに振動をはじめた。しかも表示された発信元はつぐみである。間が悪すぎる。

「返して」と手を差し出した葉に、如月は何かを思いついたようすで口の端を上げ、通話ボタンを押した。ついでにぽちっとスピーカーに切り替える。

「はいはーい、葉くんのスマホです」

『…………』

語尾にハートマークがつきそうな勢いで出た如月に対し、数秒沈黙が続いたあと、通話がいきなりぶつっと切れた。ツー…ツー…とむなしい電子音を立てるスマホに葉は蒼《あお》褪《ざ》める。

「ちょっ、如月、ほんとうに返して！」

取り返したスマホであわてて折り返しをかけるが、つながらない。家の固定電話も同様だ。どうせ絶対いるんだし、と呼び出しを続けていると、途中で留守番電話に切り替えられた。

「あれ、もしかして、ほんとに怒っちゃったやつ？」

若干気まずそうに尋ねてきた如月に、

「ほんとに怒っちゃったやつだよ！」

どうするんだもう、と葉は頭を抱えた。

その数日後。

庭の梅の木がどっさり梅を実らせたので、梅仕事をはじめることにした。熟すまえの青梅の段階で収穫すると、竹串《たけぐし》でヘタをひとつひとつ取っていく。

「久瀬くん、こんなかんじ？」

キッチンテーブルのまえで、つぐみがたどたどしく竹串を扱っている。

「うん、うまいうまい」とうなずき、葉もちょいちょいヘタを取っていく。青梅は梅シロップのほかにもしょうゆ漬けや梅酒にしようと思っていたから、ザルに山のように積み上がっている。のんびりやっていると日が暮れるので、葉はつぐみが一個に取り掛かっているあいだに五個も六個も処理していく。

「梅シロップ、どれくらいでできるの？」

「んー、一週間もあればできあがるよ。梅酒とかだと数か月はかかるけど」

「じゃあ、わたしの誕生日の頃には梅酒ものめるね」

つぐみの二十歳の誕生日は十二月なので、ちょうど熟成が進んでよい頃だ。手のなかでくるくると梅を回すつぐみの機嫌はよさそうで、葉はほっと胸を撫《な》でおろす。

先日の「如月勝手に着信を取る事件」のあと、しばらくのあいだ、つぐみは機嫌を損ねてたいへんだったのだ。といっても、つぐみはわかりやすく葉をなじったりはしない。でも、「ただいまー」と声をかけても返事をしないし（居間でこれみよがしにスマホをいじっていた）、夕ごはんにつぐみの好物のコロッケを揚げても反応してくれないし（コロッケは完食した）、「あのう、昼の電話のことなんですが」とたまらず葉のほうから報告を上げると、「わたし、電話なんてした？」と真顔で嘘を言った。

通話履歴には、午後の着信でつぐみの名前がしっかり記録されている。なのに、なんのことですか、という顔で知らんぷりを決め込む奥さんに、「そ、そうですね……」と葉はそれ以上何も言えずに首肯した。追及するのがこわい。

とはいえ、さすがに数日が経つので、葉は油断していた。

「久瀬くん」

「んー？」

「あのひと、誰？」

「あのひと？」

「電話の」

手のなかの梅を落としかけ、危ういところでキャッチする。

――今さらそれ訊く？

飛び出しかけた言葉をなんとかのみこんだ。

つぐみは手元の青梅をヘタを取るでもなくくるくる回している。気もそぞろなのがまるわかりだ。

それにしても、なんで今。……いや、ちがう。つぐみは葉とちがって、溶岩とかマグマみたいに気持ちが言葉になって地表に出てくるまでに時間がかかるのだ。もしかしたらここ数日、ずっと切り出しどきをうかがっていたのかもしれない。

「あー、あのひとはね、俺のバイト先で講師をしてるひとだよ。つぐみさんが電話かけてくれたとき、俺が排水管を修理してて手が離せなかったから、代わりにスマホを取ってくれたの」

いちおう弁明については如月相手に予行練習をしたから、すらすら出てくる。しかも事実に反していない。一部言っていないことはあるけど、嘘も言っていないのがポイントだ。

「ふーん」

葉としては百点満点の弁明だったのだが、つぐみはなぜか不満げだ。

考え込むように目を伏せて、すこし唇を尖《とが》らせる。

「……排水管の修理をしているあいだ、ずっととなりにいたの？」

「え？　ああ、講師室の水道だったし、如月、レポートの採点してたし」

「如月」

「うん、如月さんがね」

呼び捨てがお気に召さなかったようだ。どこに地雷が埋まっているかわからない平原を走らされているようでどきどきしてくる。

というか、べつに何をしたわけでもないのに、なぜ葉のほうがどきどきしているのだろう。確かに如月とは以前一年くらいつきあっていたし、一時期は如月の部屋で暮らしていたこともあるけど、つぐみと結婚する一年まえには如月のほうから別れを切り出されていた。それ以降、仕事先の知人以上の関係になったことはない。ちなみに振られた理由は、「ほかにすきなひとができたから」だ。

「あ、そういえば、つぐみさん」

如月についてはこれ以上話題がなかったので、葉は無理やり話を変えた。

「花菱《はなびし》先生が来週の金曜、ゼミ生とバーベキューをやるけど、つぐみさんも来ないかって」

葉がバイトをしている美大で教鞭《きょうべん》をとる花菱は、つぐみが幼い頃から師事していた日本画の師匠でもある。そして花菱のクラスでデッサンのモデルをしていた縁で、葉はつぐみに出会った。

花菱はつぐみに同世代の友人がいないことを気にかけていて、この手の誘いをときどきしてくる。といっても、学生たちとわいわいやることが苦手なつぐみは、いつもあれこれ理由をつけて断っているのだが。

「……それ、如月も来るの？」

「え、如月？　どうだろ。今回は行くって言っていたような……」

如月が担当している工芸科と花菱が受け持つ日本画科は制作室が隣接していることもあって、日常的に交流がある。如月のイベント参加率は高い。

ふうん、とつぐみは思案げに顎《あご》を引いた。

「じゃあ行く」

「はい？」

「参加しますって花菱先生に伝えておいて。久瀬くんも行くでしょう？」

「いや、つぐみさんが行くなら行くけど……」

なんでもないことのように話を進めるつぐみに、葉は若干引き気味にうなずく。これまでこの手のイベントには参加しなかったのに、いったいどういう風の吹き回しだろう。胸をざわつかせながら、葉はヘタ取りをまたがんばりはじめたつぐみに目を向ける。

——修羅場、勃発《ぼっぱつ》したらどうしよう。

連日雨続きだった関東地方は、つぐみがバーベキューに行くと宣言したその日から奇跡の回復を見せた。もしかしたら、つぐみは雨乞《あまご》いの反対の才能があるのかもしれない。

そして、バーベキュー当日の朝。天気は——。

「曇りだー」

いまひとつ締まらないかんじはするが、雨天ならバーベキュー自体が中止になっていたのでよかった。如月とつぐみが顔を合わせることには懸念があるものの、つぐみがしたいと思ったことはなんだってできる限り叶《かな》えてあげたい。

葉は雨戸を開けがてら、家のなかのドアがちゃんと開いているか、ひとつずつ確認していく。

「閉まっているドア」はそれが開けられないつぐみにとって脅威だ。蔵や物置だったらさほど困らないけど、日中つぐみが作業をしている制作室近くのトイレだったら結構面倒くさい。そのうえ母屋のトイレのドアまで閉まっていたら死活問題だ。ちなみにつぐみの寝室は襖《ふすま》が取り外されていて、仕切り用にレトロな珠《たま》のれんがかかっている。

朝の開閉作業を終えると、庭の草木の手入れをはじめる。雑草を抜き、軒下に分けておいたカモミールとプチトマトの鉢植えに水をやる。カモミールはちょうど白い花を咲かせていて、顔をちかづけると、甘い林檎《りんご》に似た香りが漂った。

普段はこのあと、朝の家事のあいだに考えておいた渾身《こんしん》の「本日のつぐみさんの朝ごはん」の準備に取りかかるところだが、今日は午前中にはバーベキューがはじまるので朝食は抜きだ。はやく起きすぎた葉がスーパーの特売をチェックしていると、

「おはよう」

今日は自分で起きたらしいつぐみが、居間の障子戸から顔だけをのぞかせた。

「おはよ。今日は早いね、つぐみさん」

「久瀬くんのほうがいつも早いでしょう」

「俺は夜寝るのも早いもん」

こたえながら、一向に居間に入ってこないつぐみに首を傾げる。

「どしたの？」

「な、なに」

「入ってこないから」

「そんなことないけど」

つぐみはなぜかもじもじと障子戸を握りしめている。足元でワンピースの裾《すそ》が揺れ、きづいたつぐみがあわてて裾を隠そうとする。

「えいっ」

隙をついてちかづき、葉はつぐみの脇をくすぐった。

ひゃっと声を上げたはずみに両手が離れ、つぐみの全身があらわになる。

「わあ、かわいーい！」

いつもは作業がしやすいようにパンツにトップスを重ねているつぐみだが、今日はパステルグリーンのキャミソールワンピースに丸い襟ぐりの白いブラウスをあわせている。陶器のような白い膚《はだ》にパステルグリーンが映えているし、ふわっと裾が広がるバックリボンのワンピースもたいへんかわいい。寝起きで髪がぼさぼさのままなのはもったいなかったが。

「ね、髪やる？　俺やる？　やるね？」

半ば強制的に了解をとって、つぐみを居間のちゃぶ台のまえに座らせる。洗面室からつぐみ用のブラシとヘアオイルを持ってきて、絡まってしまった髪を丁寧に梳《す》く。

「ワンピース、新しいやつ？」

「うん。通販サイトで……て、適当に買っただけ。悩んでもないし」

そういえば、すこしまえにつぐみあてに宅配便が届いていたことがあった。如月のことが関係しているのかはわからないが、今日のつぐみはすごくやる気だ。同世代の子たちとの交流をと願っていた花菱先生もほっとするにちがいない。

「髪、どうしようか？　なんでもできるよ」

「よくわからないから、久瀬くんが似合うと思ったのでいいよ」

「ほんとに？　うーん、どうしようかなあ」

つぐみの髪は細くてまっすぐで、背中までかかっている。長くてかわいいけれど、つぐみは乾かすとき面倒そうにしている。といって切るのも面倒らしく、結局腰に届くまではいつも伸ばしているようだ。前に一度、ハサミでざくざく切っているのを見かけたときは絶句して止めた。葉はあいにく美容師の資格は持っていないが、つぐみがやるよりは多少きれいにカットできる。

「久瀬くん」

「んー？」

「久瀬くんが髪なんでもできるのは、如月のをやっていたから？」

思わぬ名前が飛び出て、葉は眉《まゆ》をひそめた。

つぐみは所在なげに両手を組み合わせている。

「如月……さんはぜんぜん関係ないよ」

「そう」

「俺はさー、『妹』がたくさんいたの。血はつながってないんだけど……つぐちゃんよりちいさい子が多かったかな。うちの施設、ときどきボランティアの美容師さんがタダでカットしに来てくれたんだけど、いつもじゃないしね。口うるさい妹たちの要望にこたえるべく、カットとアレンジは極めたなー」

母親に続き父親を失ったあと、六年ほどお世話になった児童養護施設には、ちいさい子から大きい子まで十五人が暮らしていた。葉は入所したときには大きいほうだったから、自然と下の子たちの面倒をみるようになった。葉の家事に関するスキルはだいたいこの児童養護施設時代に培われたといっていい。

調理スタッフのおばさんたちと仲良くなって、料理のコツもたくさん教わった。梅の漬け方を教えてくれたのもおばさんだ。みんなよくわらって、もりもり食べる明るいひとたちだった。

「よし、完成！」

今日は編み込みを入れたあと、シニヨンっぽくまとめてみた。ワンピースに合っているし、初夏らしくて涼しげだ。仕上げに水色のアンブレラがついたヘアピンを前髪に留めていると、つぐみの口元がほのかに色づいていることにきづいた。

「つぐちゃん、もしかしてお化粧してる？」

「……うん。軽くだけど」

つぐみはなんだかそわそわするように視線を横にそらした。

「睫毛《まつげ》くるっとしててかわいいー。あとリップも似合ってるよ」

「……久瀬くん」

「うん？」

「そんなにたくさん褒められるとはずかしい……」

消え入りそうな声で訴えられて、そんなに褒めてました今!?　と衝撃を受ける。

葉としては素直に思いのたけを伝えていただけだし、そもそも、何かにつけかわいいと思わせてくるつぐみがいけないのでは、とも思ったけど、雇い主がいけないわけはないので、「ぜ、善処します……」とうなずいた。つぐみの思いを汲《く》んで、葉も多少はがんばりを見せねば。

「あ、そろそろ出かけようか？」

時計を確認すると、出発予定時刻を過ぎていた。

葉はすでにシャツとジーパンに着替えていたので、いつでも出かけられる。

ガスと戸締まりを確認したあと、玄関の曇りガラスの引き戸をがらりと開ける。バレエシューズを履いているつぐみに、葉は手を差し伸べた。

つないだ手を軽く引くと、つぐみはいつもはかたくなに踏み出そうとしない家の敷居を簡単に踏み越えた。ひと月前、引き戸のまえにしゃがみこんで半泣きになっていたつぐみのすがたを思い出し、すこし切なくなる。閉められた戸のまえでは無力だったつぐみは、けれど、こんなにたやすく敷居を踏み越えることもできるのだ。ただ、ひらいたドアさえ用意すれば。

この子はこのままでいいんだろうか、とときどき葉は考える。

このまま、葉が開けたドアだけをくぐって外に出られる、そういうつぐみで。

よくはないよなって思う。この子はまだ十九歳なのだ。朝から晩までこの家が世界のすべてで――すべてでよいわけがない……気がする。でも結婚するまえ、つぐみは周りが囲おうとする枠にちいさな身体をきゅうきゅうに押し込めようとして、壊れてしまいそうになっていた。

心が、ほかの子たちと似たかたちをしてないことは、ふしあわせだろうか。一ミリ、二ミリ、三ミリ。変形はどこまでゆるされるんだろう。葉はよくもわるくも、そういうことがぜんぶ大雑把で、ミリ単位で苦しんでいるつぐみの気持ちをちゃんとは理解できていない。

「久瀬くん。途中でコンビニ寄っていい？」

中古で買った空色の自家用車のドアを開けると、助手席に座ったつぐみがどきどきと尋ねてくる。この子はコンビニを魔法のデパートか何かと思っている節がある。

「いいよ」

わらいつつ、葉は車のエンジンをかけた。

奥多摩《おくたま》にあるキャンプ場に着くと、花菱先生に学生たちを加えた美大のメンバーはだいたい集まっていた。コンロをはじめとしたバーベキュー器具はキャンプ場が貸し出してくれるらしく、初夏の河川敷では家族や友人同士のグループがあちこちで準備をはじめている。

「花菱せんせー、こんにちはー」

行きがけのコンビニで買ったペットボトル数本が入った袋を学生に渡すと、葉はすでに缶ビールをあけている花菱に挨拶《あいさつ》する。今年五十五歳になるという花菱は、今も第一線で活躍する日本画家であり、つぐみの師でもある。バーベキューには似つかわしくなのようだ。

い鉄紺の単衣《ひとえ》に夏羽織を重ね、ちょび髭《ひげ》を生やした出で立《いでた》ちは明治大正期の文豪か何か

「おお、葉くん来たか。つぐみちゃんも久しぶり」

「ご無沙汰《ぶさた》してます」

いつも思うけど、つぐみは葉ならなかなか出てこないような言い回しをするっと使う。

（ね、あのひと誰なのかな）

（葉さんの妹？　あまり似てないけど）

つぐみを遠巻きに見て、学生たちが囁《ささや》き合う。同世代のつぐみが気になってしかたないようだ。

学生諸君、妹などではないぞ。ここにいるつぐみさんは——。

「『妹』じゃなくて『奥さん』。だよね、葉くん？」

背後からかけられた声に、となりにいたつぐみが先に反応して振り返った。声をかけた相手を探るようにじっと凝視する。

「もどりましたー」

男子学生たちにスーパーの袋を持たせた如月がよく通る声で言う。近くまで車で買い出しに行ってきたらしい。重そうな袋からはふたり暮らしではちょっとお目にかからない量の野菜がのぞいている。

「如月先生、今『奥さん』って言った？」

如月の言葉を聞いた周囲の学生がにわかにざわめきだす。

「えっ、葉さんって奥さんいたの⁉」

「てっきりふらふら遊んでるひとかと……」

「――遊んでるは失礼！」

そこはきっちり言い返してから、「えー、こほん」と空咳《からせき》をして、葉は自分たちに皆の注目を集めた。

「彼女はつぐみさん。俺の奥さんというか、つぐみさんの旦那《だんな》さんが俺です！」

「おおおー！」

ノリのいい歓声とともに、「どっちも一緒じゃーん」という野次が入った。でも、ちがうのだ。雇い主のつぐみに「俺の」なんてつけるのはおこがましい。葉はいつだって「つぐみの」葉だ。

「つぐみちゃんはすでにプロとして活躍している画家でもあるんだよ。せっかくの機会だから、なんでも訊《き》いてごらん」

「おおおおおー！」

花菱の補足にさらに学生たちのテンションが上がる。さすが美大生だけあって食いつきがいい。

さっそく人見知りをしない連中が「どんなの描いてるんですか？」とつぐみを取り囲んだ。

「というか、葉さんの奥さん、かわいくない？」

「いくついくつ？」

「葉さんとはどこで出会ったんですかー？」

つぐみが口をひらくまえに四方から矢継ぎ早に質問が飛ぶ。

「はいはい、そこちかづきすぎない。あと夫婦の話はNGでーす」

つぐみが萎縮《いしゅく》しないように軽く交通整理をすると、あとのことは花菱に任せ、葉はバーベキューの準備に回ることにした。いちおう周囲に「閉まっているドア」がある施設がないかも確認しておく。

バーベキュー器具の貸し出し所はテントだし、トイレに至る道筋も大丈夫。トイレの個室はノブがついていないスライド式だから、つぐみでも開けられる。

つぐみがもっとも苦手とするのは、ノブがついたふつうの家のドアだ。

それ以外は、たとえばコンビニの自動ドアや駅や施設にあるようなスライド式のトイレ、窓や雨戸なら問題ない。車のドア、電車やバスといった乗り物のドアも該当しないようだ。障子や襖《ふすま》、風呂場《ふろば》の折れ戸はすこし苦手だと言っていた。でも、がんばれば開けられる。

ただ、家の玄関のドアだけは絶対にだめだ。それがどんな形であってもだ。

つぐみを知ることは、彼女ができることとできないことを知っていくことでもあり、でもその過程でつぐみはいやがおうにも自分の弱点を相手にさらさなければいけなくなる。

だからか、つぐみは花菱や鮫島といった幼い頃から彼女を知る数少ない人間をのぞいて、ほとんど誰ともつきあいを持っていない。今ならSNSを通じていくらでも誰かとつながれる時代だが、それすらもかたくなに拒むつぐみは、もとからひとづきあいを億劫《おっくう》がる性格なのかもしれないけれど。

「ちょっとー。聞いてないんだけど、奥さんが有名画家って」

コンロの準備は学生に任せ、葉が組み立て式のテーブルで大量の野菜を処理していると、如月が不満そうな顔でとなりに来た。

「言ったじゃん、クリエイターって」

「だって、あの子あれでしょ。言われてピンときたよ、『花と葉シリーズ』」

葉は瞬きをする。花菱はつぐみを画家と紹介しただけで、作品の話まではしなかったから、如月がすぐに言い当てたことに驚いた。

「学生たちはきづいてないと思うけどね」と如月は肩をすくめる。

「顔出しはおろか、プライベートの情報は一切非公開の『ツグミ』が花菱先生の門下生らしいっていうのは噂で知ってたけど、まさか自分より十歳も下の女の子だと思わないでしょ。君、どうやって口説いたの？」

「え、口説くなんてしてないよ」

出会ったとき、つぐみは十七歳だった。さすがの葉でも、高校生とおなじ歳の子を口説いたりしないし、つぐみが三千万円の契約結婚を持ち込むまで、彼女との関係が画家とモデルの一線を越えることはなかった。色めいた雰囲気になったことだって一度もない。

「じゃあ、もしかして惚《ほ》れられた？」

「まさか！」

つぐみにとって葉というのは、八百屋の店先で見つけた野菜を「あ、これください」と買ったみたいなもので、確かに商品としては「一目ぼれ」というやつなのかもしれないけど、次元がちがう。

あのときのつぐみは切羽詰まっていて、最初に見つけた八百屋にひとつだけ残っていた玉ねぎをつかんで、しかたないから「これください！」という気分だったにちがいない。つぐみにもうすこし心の余裕があったら、別の高級食材店とか、そもそも野菜じゃなくて宝石を買ったりとかしていたはずだ。

「というか、君がツグミのモデルだったんだねー。葉ってそのまんまじゃない」

「あー、まあ、出会ったのも花菱先生経由のモデルのバイトだったからさ」

ちょうどコンロの準備ができたので、肉と野菜を熱した網のうえにのせていく。

もくもく上がった煙の向こうで、つぐみを取り囲んだ学生たちが何かを熱心に話しているのが見えた。ひとりが言ったことがおかしかったらしく場が沸いて、つぐみもつられたようにわずかに微笑む。同世代のやつらといると、つぐみもいつもより年相応に見えて、いい光景だなあって思う。

目を細めて眺めていると、つぐみがふいにこちらに視線を上げた。

肉をひっくり返していたトングを置いて、ひらひらと手を振ってみる。だが、つぐみは眉間《みけん》に皺《しわ》を寄せて、ぷいと葉から目をそらしてしまった。

「えっなに……？」

あからさまな無視にすこし傷ついていると、「うわ、わかりやすいなー」と如月が噴き出した。

「つぐみさん、如月の着信取る事件から最近、挙動がおかしいんだよ……」

「あら、ごめんなさい。で、君はちゃんとリカバリーしたわけ？」

「リカバリーのしかたがわからないから、困ってるんだけど」

葉が重い息をつくと、元凶のくせに如月は楽しそうにわらった。

つぐみという女の子は、葉にはわかりづらくて難解で、思いもよらないことで喜んだり、かと思えばささいなことで急に泣き出しそうになったりする。大人びて老成した部分と、傷つきやすい少女らしい繊細さが、つぐみの内側に複雑に入り組んで存在している。つぐみ自身、気持ちを表現するのが上手なタイプでもないから、察するのは困難を極めた。

「君をこれだけ振り回す女の子ってある意味めずらしいよね」

「元凶なんだから、すこしはいい案出してよ」

「えー、そんなのキスでもすれば解決でしょ？」

さも当然のように言われて、葉はひえと呻《うめ》く。そんなとんでもないことをしたら、契約破棄のうえ、違約金まで請求されそうだ。

「あのさあ如月、もうちょっと穏便な案ない？」

「そんなの自分で考えなさいよ。──あ、肉焼けてきた。花菱ゼミ生、如月ゼミ生ー！」

如月が声を張ると、好きに散らばっていた学生たちが肉を求めて集まってくる。ちなみに今日の会の出資者は花菱だ。花菱の実家は宮崎で畜産業を営んでいて、上質な宮崎牛が定期的に届く。

ほどよく焼けた宮崎牛と玉ねぎの輪切り、トウモロコシ、トマトをふたつずつ載せた紙皿を持って、葉は河原を見回した。

つぐみはわいわい食べる学生たちからはすこし離れた川べりで、ひとり水面《みなも》を見つめていた。さっきぷいっとされたので、どうしようか悩んだけれど、結局足を向ける。

「つぐちゃん、肉もらえた？」

つぐみのとなりにしゃがんで声をかける。はじめに配られたぶんの肉は食べ終えたらしく、つぐみは空の紙皿を持っていた。やってきたのが葉だときづくと、ほっと表情をなごませかけ、なぜか途中で眉間にぎゅむと縦皺を寄せる。まだご機嫌斜め期間が続いているらしい。

びくびくしつつ、「はい、どーぞ」と持ってきた紙皿をつぐみに差し出した。

「トマト焼いたの好きでしょ、つぐちゃん」

「……ありがとう」

つぐみは葉の紙皿から焼きトマトを取った。肉と玉ねぎとトウモロコシも半分、つぐみの皿に移す。もとからふたりで食べようと思って持ってきたのだ。

「おいしい？」

「うん」

きれいな箸《はし》さばきで切り分け、つぐみはトマトを口に運ぶ。河原でバーベキューをやっているはずなのに、なんだかこの子だけ、どこかの料亭にいるみたいだ。つい目で追ってしまっていると、玉ねぎとトウモロコシも食べたあと、つぐみは何かを考え込むように目を伏せた。パステルグリーンのキャミソールワンピースの裾《すそ》をいじり、抱えた膝《ひざ》をぎゅっと引き寄せる。

「……久瀬くん」

「うん？」

「あの、さっき……なんだけど」

「うん」

「あのひとと……き、如月さんと何しゃべってたの？」

言葉を重ねるにつれ、つぐみの声はちいさくなっていく。しまいには、「やっぱり、なんでもない」と首を振った。

「如月さんとはたいした話はしてないけど。……ええと、いやだった？」

「そんなこと、べつにないから」

かぶせ気味につぐみは否定した。抱えた膝に顔をうずめるように深く俯《うつむ》いているせいで、表情がよく見えない。葉がシニヨンに結った髪からのぞいた両耳は赤く染まっていた。

ぎこちない沈黙が流れる自分たちのあいだに、水遊びをする学生たちのわらい声が飛び込む。肩を揺らし、つぐみはまぶしそうにそれを見上げた。

「……君もしゃべりたいひとと話してきていいよ」

葉が瞬きをすると、つぐみは言い訳をするようにぼそぼそと続ける。

「わたしは楽しい話なんてできないし……」

「俺だって次々笑い話なんてできないよ？　つぐみさんをわらわせるの、学生のやつらのほうがうまいし」

「そんなことないよ！」

びっくりしたふうにつぐみは顔を上げた。

「久瀬くんの話はいつも楽しいよ」

「ありがとう。ね、しゃべりたいひとと話していいなら、ここにいていい？」

おうかがいを立ててみると、つぐみは返答に困ったようすで眉尻《まゆじり》を下げた。それから、戸惑いがちに顎《あご》を引いてくれる。そういうつぐみのはじめて見せる表情だったり、ささいな仕草を見ているだけで葉は心が浮き立つのだけど、口にすると見せてくれなくなってしまいそうなので、がまんする。

代わりにつぐみの横に並んで、バーベキューをするひとたちの話し声や、爽《さわ》やかに吹き抜ける風の音に耳を澄ました。初夏に入って、新芽のみどりもずいぶん色が深まったことにきづく。木々の先にある空は白っぽい。

「曇りになっちゃったけど、なんとかもちそうだね。晴れたらもっとよかったかもだけど……」

「そう？」

つぐみは首を傾げて、渓流に目をやった。上流のほうで降った雨の名残か、水は濁っている。といっても流れはゆるやかだ。つぐみは水に手を入れると、「ここね」と小石のひとつを指した。

「ひとつだけ輝いて見えてきれいだなあって。表面がほかより白いんだよね。粒にガラスみたいなのが混ざってて、ひかりが角に当たると光る。すごいなあって思って見てた」

言われてみると、確かに水中で小石がひとつだけ輝いて見える。

「それと川って結構、音するね」

「それは雨で増量したせいかも」

「だよね？　こんなに音したっけって考え込んでた」

「考え込んだんだ？」

子どもが戯れるように、つぐみはまだ水中をかき回している。

水に手を入れて、葉が軽く飛沫《しぶき》を飛ばすと、鈴のようなわらい声が上がった。同年代の子たちと何も変わらない、無邪気なわらい声だ。

――もっと聞きたい。

うれしくなって笑みをこぼすと、つぐみははっとしたふうに表情を揺らした。それから、急に笑みを消して、水中から手も引き抜いてしまう。

「……ごめんなさい。わたし……」

なぜ謝られたのかわからなくて、葉はぽかんとする。つぐみは心もとなげに濡《ぬ》れた手を胸に引き寄せた。

「久瀬くんは『お仕事』してくれてるだけなのに」

触れかけた心がすり抜けるみたいに契約の話を持ち出されて、返す言葉に迷った。つぐみにしてみれば、葉がつぐみをかまうのも、ほかよりもつぐみを優先するのも「愛しているふり」のお仕事のひとつなのだ。それはほんとうにそのとおりなのだけど、ちかづくたびに我に返ったように線を引かれるのがすこしさみしい。ただ、わらってほしかっただけなのに。

もちろん、契約上の関係なのだから、そんなことを葉が言う資格もないのだけども。

もどかしさに駆られて目を落とした川べりでは、つぐみが見つけた小石がきらきらと輝いている。まるでほんものの宝石みたいだ。つぐみは水中からそれを拾い上げると、大事そうにハンカチで包んで、ポケットにしまった。

肉を食べ終えるとつぐみはすっくと立ちあがり、「いざ」となぜか敵将に挑む武将みたいな顔をして、如月のもとに向かった。いったい如月と何を話すというのだろう。如月による元カノ査定は、初手押し出しみたいなかんじでつぐみが勝利して終わった気になっていたので、葉はおののく。

どきどきしながら見守っていると、つぐみが如月に声をかけ、如月が缶ビールを持って立ち上がった。ふたりが離れたベンチに座ってしゃべりはじめたので、偵察を続けるべきか否か迷っていると、「葉くん」と花菱に呼び止められる。

「やっと話せた。せっかく来たのに、君ったらずっと肉を焼いてるからさあ」

呆《あき》れたふうに肩をすくめ、「何か飲むかい？」と花菱はクーラーボックスを開けた。

「あ、ごめんなさい。俺、運転して帰らなくちゃなので」

ノンアルコールのほうのビールをもらって、簡易スツールを出す。花菱ゼミでは院生のひとりがマイクロバスを借りたらしく、花菱は昼から悠々とビールをきめている。

「しかしつぐみちゃん、変わったなあ」

如月とつぐみのすがたに目を留めて、花菱がつぶやいた。修羅場勃発《ぼっぱつ》中なのかもしれないが、花菱の目には女子同士の和やかな交流に映っているようだ。

「葉くんと出会うまえは今以上に殻に閉じこもっている子だったから。まあ、あの子の場合は鹿名田の家自体が特殊だし、事件のこともあったしね」

「つぐみさんと花菱先生っていつからのつきあいなんですか？」

「んー、彼女が八つか九つ……もとは知り合いの医師に相談されて、治療の一環として絵を教えはじめたんだ。はじめて会ったときの彼女は完全に心を閉ざしていて、会話ができるような状態じゃなかった。一緒に絵を描いて、あの子の好きなこととかきらいなことを知っていったかんじかな」

　そうそう、と花菱はスマホを操作して画像フォルダを呼び出した。

「このあいだうちの押し入れの整理をしていて、見つけたんだよ。小学四年生の頃のつぐみちゃんの絵」

「おお、すごくうまい……」

　暗い色調の背景に柘榴《ざくろ》と蔓性《つるせい》の植物が描かれている。つぐみは超絶技巧の植物画が持ち味らしいが、確かにこの時点でふつうの小学生の絵ではない、というのが葉にもわかる。一分の隙もなく執拗《しつよう》に緻密《ちみつ》に描かれた植物たち。この頃から今のつぐみの絵につながる片鱗《へんりん》が見える。

「これくらいの歳の子どもだと、ふつう友だちとか家族を描いたりするものなんだけど、つぐみちゃんの場合ははじめから植物だったなあ。……というか、植物だけ。生きものが登場したのは葉くんがはじめてだよ」

「そういえば、前にもそんなこと言ってましたね……」

「あの子はたぶん、人間がいやだったんだと思う」

きらいでも、苦手でもなく「いや」。

でもなんだかその言葉はつぐみをたとえるときにしっくりとくる。

「だから、つぐみちゃんに描きたいと思えるひとが現れて、僕はうれしいよ」

つぐみをずっとつかず離れず見守ってきた花菱は、結婚のことを伝えたときも、とても喜んでくれた。

胸にちくりと鈍い痛みが生じる。花菱が思っているように、実際の葉とつぐみは愛し合って結婚したわけじゃない。もしかしたらつぐみは今もほんとうは人間がいやなままかもしれない。

河原ではゼミ生たちがコンロの片づけをはじめている。

なんとか天気がもつかと思っていたが、三時過ぎから雨の予報らしい。川近くは増水すると危ないので、周りも早めに撤収しだしたようだ。

話し込んでいるうちにすっかり炭酸が抜けてぬるくなったノンアルコールビールを咽《の》喉《ど》に流し込み、葉は簡易スツールを倒す。

きづけば、ベンチにいたはずのつぐみと如月も話を終えていた。

「えーと、楽しめた？」

ひとりベンチに座るつぐみのもとに戻り、おそるおそる尋ねる。俯《うつむ》きがちだったつぐみからは、「うん」としっかりした答えが返った。なら、よかった。つぐみが一日楽しく過ごせたなら、葉も来た甲斐《かい》があったというものだ。

「……負けたけど」

「え、何に？」

「久瀬くんには言わない」

唇を引き結ぶと、つぐみはきりっとした顔で立ち上がった。それがいまだに敵将に挑む武将みたいで、葉はふたりのあいだでどんな会話が交わされたのか、結局さっぱりわからない。

四　奥さんとご褒美のゆくえ

ふた月ほど取り掛かっていた一対の曼珠沙華《まんじゅしゃげ》の絵が完成した。

最後に落款を押し、ツグミのサインを入れると、筆を置く。

夕暮れどきに仄暗《ほのぐら》く浮かぶ赤の曼珠沙華のなかで眠る葉の右肩から腰、脚にかけてのしなやかな線を描きこんだものと、夜明けの仄白いひかりのなかに群れ咲く白の曼珠沙華と溶け入りそうな葉の左半身を描いたものだ。

とくに白のグラデーションは、自分で鉱石を砕いて絵の具を作って表現した。つぐみの瞼裏《まなうら》にはずっと、河原で見た水中の小石の白さがあった。やさしくてまろやかな白さだ。あれはきっと葉がとなりにいたから感じた白さなのだと思う。

すべての作業を終えると、つぐみは制作中ずっとかたわらに置いていた小石を寄せ木細工の宝箱にしまった。箱のなかには、ほかに四つ葉のクローバーの押し花や、コンビニの期限切れのクーポン、それに古いドロップ缶がしまってある。取り出すと、ドロップ缶のなかの小銭が澄んだ音を奏でた。

――きれいな音。

目を細め、つぐみは缶の側面にそっと頬を擦り寄せた。

「それじゃ、登美《とび》表具店で屏風《びょうぶ》っぽく仕立てていただきますんで。お盆を挟むから、できあがりはひと月後かな」

鮫島は葉が出した冷茶をぐびりと飲み干すと、ネクタイを緩める。

七月に入り、梅雨明けとともに気温は毎日うなぎのぼりに上がっている。画商である鮫島は、三十五度超えのこんな日にもブリティッシュスタイルのスーツで通していた。つぐみのまえではさすがに上着は脱いでいたが。

「ツグミの半年ぶりの大作ですからね。もう結構、問い合わせもきてますよ。やっぱり売るときは二枚セットがいいんですよね?」

「あれはふたつでひとつだから」

「わかりました。まあ、コレクターも二曲一双で置きたいと思いますけどね、あれは」

つぐみの要望にできる限り寄り添おうとしてくれるのが鮫島のいいところだ。冷茶に添えられた水羊羹《みずようかん》を切り分けつつ、「そういえば」と思い出したふうに口をひらく。

「羽風くんもこのあいだ、完成品を納品してくれましたよ。全十点に及ぶ小品の連作で」

「はかぜ?」

聞き返してから、ああ、と思い出す。

──鹿名田せんせーさあ、子どもの頃、誘拐事件に遭ったってほんとう?

あのフラミンゴ頭の青年だ。心のなかで出入り禁止にし、葉と塩をまいたあとは忘れていたから、すぐに名前とフラミンゴ色の髪がつながらなかった。好奇心まるだしで尋ねてきたあの声を思い出すと、いまだにむかむかしてくる。

――あーこいつ絶対ひとりは殺《や》ってそうって……

「鮫島さん。わたしってひとを殺してそうに見えますか」

あのときの羽風の言葉を思い出して尋ねると、鮫島はあからさまに動揺した顔つきになった。

「えっ、いや、つぐみちゃん？　えっ、してないよね……？」

「してませんけど」

「や、やだなー。そんな物騒なことを真剣な顔で訊《き》かないでくださいよ」

ほっと表情を緩める鮫島に、一瞬ほんとうに信じたんだなと思いつつ、つぐみは冷茶に口をつける。

確かにつぐみは自らの手で誰かを殺《あや》めたことはない。

でも、あの事件ではひとがひとり死んだ。つぐみの心の一部も壊れて、もうもとには戻らない。

つぐみは今も葉以外の「人間」を描くことができないし、葉に出会うまえはただ超絶技巧が尽くされた花がそこにあるだけ、という絵しか描けなかった。それを見抜かれた気がしたから、余計にあのフラミンゴ色の髪の青年に対していやな気持ちになったのかもしれない。

「つぐみさん、お疲れさまー！」

葉はつぐみの絵の完成祝いに手巻き寿司《ずし》を作ってくれた。

お祝いというと、葉は必ず手巻き寿司を作る。酢飯と、ふわふわの錦糸卵《きんしたまご》、ツナマヨとコーン、ネギトロ、キュウリ、甘辛い鶏そぼろ、カニカマにたくあん。葉が用意してくれた具材から選んで、大きな海苔《のり》にくるんで食べる。つぐみは錦糸卵とカニカマとキュウリの組み合わせが好きだ。

鹿名田の家には専属の料理人がいて、葉が作る錦糸卵は甘くてやさしい味がする。しくない料理を作ってくれたものだけど、毎日選《よ》りすぐりの食材から料亭に出してもおかしくない料理を作ってくれたものだけど、つぐみには葉が作るごはんのほうがふしぎとおいしく感じる。

「あとこれ、このあいだ漬けた梅シロップ。できたから飲んでみよ？」

たっぷりの氷を入れたグラスに蜜《みつ》色の梅シロップを注いで、水で割る。一口飲むと、思ったよりも酸っぱくなくて驚いた。濃厚な深みのある甘さだ。

「すごくおいしい」

「ねー」

一緒にヘタ取りをした青梅は、あのあとしょうゆ漬けになって朝ごはんの食卓にものぼっていた。葉は七月のはじめにも黄色く熟れた梅を集めていて、それらは梅ジャムに変わる。今まで実をどっさりつけては落としていただけの梅の木だったが、余すことなく使ってもらえて満足しているのではないだろうか。

「つぐみさん、それでさ」

ちゃぶ台をいっぱいにしていた手巻き寿司の具材をおなかにおさめると、食後のお茶を淹《い》れつつ、葉が切り出した。

「絵の完成祝い、なにがいい？」

「……手巻き寿司作ってくれたよ？」

「いや、それはつぐちゃんの出資のもと俺が作っているだけなので……。なんでもするよ。肩たたきでも、頭のマッサージでも、手のマッサージでも」

「マッサージが多いね」

「得意なので」

葉はどやっとした顔をした。

かわいい。つぐみはついわらってしまった。

「ええと、じゃあ……。服を買いたいんだけど」

「うんうん」

「つきあってくれないかなって」

「えー、そんなの、いつでもつきあうよー」

そんなこと、と言うがつぐみのなかでは大ごとだ。なにしろ、つぐみは誰かと買いものに行ったことがない。服に至っては常にネットショッピングだ。それに今つぐみが知りたいのは、葉が好きな女の子の服の趣味なので、本人がいないことには始まらない。

先月の「如月勝手に着信を取る事件」はつぐみにとって青天の霹靂《へきれき》だった。

頼み忘れた買いものがあって葉のスマホに連絡したら、見知らぬ女が出たのだ。

――はいはーい、葉くんのスマホです。

何事かと思った。スマホを持ったまま三秒固まり、一言も発せず通話終了ボタンを押した。すぐに葉から折り返しの電話がかかってきたが、さっきの女かもしれないので取らなかった。以来、つぐみは葉のスマホには電話をかけていない。

ふたりはどういう関係なんだろう。

葉はもしかしてつぐみ以外にも通っている家があるのだろうか。

重婚は法律上ありえないにしても、ほかにも契約恋人をやっているとか……。もやもやしたものの、葉に直接訊くのもはばかられた。でも、やっぱりどうしても気になってしまって、「あのひと、誰?」と梅のヘタ取りをしていたとき勇気を出して訊いたら、「職場の知人」という試験の模範解答みたいな答えが返ってきた。

だが、葉はつぐみを舐《な》めている。つぐみは普段から執拗に葉という生きものを観察しているので、いつもよりコンマ数秒切り返しが早かったとか、言葉の並びがいつもとちがったとか、さまざまな理由から「嘘ではないけど、それだけじゃない」と見抜いた。

バーベキューで会った如月は、ショートボブが似合うすらりとした長身の女性で、年はたぶん葉の五つくらい上だろう。余裕があってきれいで、とりあえずつぐみの要素をすべて逆にしたようなひとだった。

そして、「葉くん」と如月が呼んだときの声と雰囲気だけで、あ、このふたりは以前つきあっていた、とつぐみは察した。人間が苦手なくせに、ときどき発揮されるこの異常な鋭さはなんなのだろう。我ながらいやになる。

べつにつぐみだって、葉が誰ともつきあったことがないなんて思っていない。でも、誰かとつきあっていたかもしれないと思うのと、つきあっていたらしい女性が目のまえに現れるのとでは雲泥の差だ。

つぐみは急にその日選んだワンピースがすごく子どもっぽかった気がして恥ずかしくなった。いつもは気にならないのに、葉と如月が並んでいるのに比べて、つぐみと葉が並ぶと兄と妹くらいに見えてしまうのもなんとなくいやだった。べつに葉は何もしていないのに、つい八つ当たりみたいな態度を取ってしまって、帰ってからすごく反省した。

そういうわけでのリベンジである。

つぐみも今年二十歳になるし、化粧や服でいくらでも大人っぽくなれるはずだ。つぐみは葉の雇い主なのだから、いつだって堂々としていないと。

平日のデパートはつぐみが想像するよりも閑散としていた。

つぐみは近隣のデパート事情を知らないので、葉が美大の学生たちからよく服を買いに行く場所を聞き出してくれた。ちなみに葉自身はショッピングモール内のファストファッションでほぼすべての衣料品をまかなっているので、ブランドには詳しくないそうだ。

すこし前を歩く葉は、ジーパンに白のTシャツという、それはコーデなのか？　という無難すぎる組み合わせにスニーカーを履いているが、脚が長くて腰の位置が高いから、なぜかかっこいい。

「どこがいいかなあ。つぐちゃん、行きたいお店ある？」

エントランスにある案内板を見て、葉が尋ねる。

ショップについては事前に調べてきた。「ここと そこ」とつぐみが示すと、「うんわかった」と言って大きな手を差し出してくる。外に出るとき、葉はだいたいつぐみと手をつないでくれる。葉の手は大きくてあたたかくて、この手が一緒なら、外にはこわいことなんて何もないように思えた。

つぐみが最初に選んだのは、二十代前半の女性向けのブランドだった。ばりばりのキャリアウーマン向けのお店だと浮くだろうから、適度にカジュアルそうなブランドを選んだのだけど、入ってみると結構、しゅっとしてぱりっとしている。ついでにマネキンのスタイルが無駄によくて、こけしスタイルのつぐみとはだいぶひらきがある。

「おおー、ハンガーもおしゃれだ……」

ズレたところに感心している葉の手を引っ張り、「久瀬くんはどういうのが好き？」と尋ねる。

「ん？　俺？」

「うん、スカートかパンツかとか。色とか……。如月はストライプのシャツブラウスだったよね？」

「なんかちょいちょいいきなり飛び出すね？　如月」

ふしぎそうに瞬きをして、「如月みたいなかんじにしたいの？」と首を傾げる。

「か、かっこよかったし」

「あーうん、確かにかっこいいよね如月」

そこは嘘でもいいから、つぐみさんのほうがかわいいくらい言ってほしかった。

——三千万円、仕事して。

胸中で文句を言ってから、ふと思い至る。

つぐみは葉を三千万円で雇っているのだ。こんなふうに葉の服の好みとか、葉の女性の好みなんかを懸命に聞き出さなくたって、ただ一言、如月よりつぐみのほうがかわいいと言ってもらえばいいのでは。……でもそれだと、つぐみは服が欲しいのではなくて、葉に如月より自分がかわいいと言ってもらいたいということに。あれ、よくわからなくなってきた……。

「つぐみさんは普段、ワンピースが多いから、そういうのが好きなのかなって思ってた」

ひとり混乱していると、店内にかかっている服をいくつか見ていた葉が「これとか」と一枚のワンピースを広げてみせた。夏らしい透け感のあるベージュで、スカートがひらりと軽やかに広がるかんじがかわいい。腰元にさりげなくリボンが結んであるのも好きだ。

「お探しですか？」

声をかけてきた店員さんに「あっ、はい」と葉がこたえた。

「彼女ってどんな色が似合いますか？　あ、でもつぐちゃんは如月スタイルがいいんだっけ？」

「き、如月は一度離れて……！」

恥ずかしくてつっこむと、店員さんが控えめに微笑んだ。

「お客さまだと膚《はだ》が白いので、淡いお色も似合うと思いますよ」

たとえば、とピンクベージュのブラウスやレモンイエローのトップスを見せられる。

「夏なら、ロングスカートと合わせてもお似合いかと」

「ほんとだ。長いスカートもかわいいねえ」

「合わせられますか？」

店員さんに訊《き》かれて、ちいさくうなずく。

それからも葉は店に入るたび、自分で探したり、店員さんに聞いたりしてつぐみに似合いそうな服を見つけていった。きづけば、服三着と靴と髪留めを買っていて、葉の手に抱えられた荷物は増えていった。

「結構買ったね」

「ほんとうだね」

あらかじめ調べておいたお店に加えて、気になったお店も回って、一息つく頃には正午を過ぎていた。

デパートの前の広場に出ていたキッチンカーでふたりぶんのランチボックスを買って、プラスチックの丸テーブルのまえに座る。椅子には今日の戦利品が積み上がっている。葉の好みを聞くつもりが、いつのまにか単に好きな服を買うだけになってしまったけれど。

日射しを遮るパラソルの下で、葉はランチボックスを開けている。

「久瀬くんは見たいお店ないの？　服買う？」

思えば、午前中ははじめから終わりまでつぐみの用事で使い切ってしまった。

今さらながら思いついて尋ねると、「俺はデパートぶらついて楽しかったからもう満足」と手を振られてしまった。確かに葉の買いものは近くのショッピングモールでほぼ済んでいる印象があるが。

「それよりつぐみさんはお祝い何にするか考えておいてね」

「え、買いもの来たよね？」

「それはいつでもつきあうって」

わらいながらランチボックスのチキンをかじって、「これめちゃくちゃおいしいね？」と瞬きをする。

広場には、家族連れや友人同士のほかに、カップルらしき男女もそこかしこにいる。

何かを耳打ちしてわらい合っていた男女がパラソルの陰で軽くキスするのが見えて、つぐみはあわてて目をそらした。以前だったら、眉《まゆ》をひそめただけだと思うけど、今は変にどきどきしてしまう。自分には何の関係もないことなのに。でも、葉も如月とはそういうことをしたんだろうなって想像すると、棘《とげ》が刺さったみたいに胸がちくんとした。

(……ね、あのひとすごくかっこよくない?)

(ほんとだ、イケメンー)

近くの席に座っていた女子が葉のほうをちらちら見て囁《ささや》き合う。

もそもそとチキンを食べつつ、そうだよね、久瀬くんはチキンかじっててもかっこいいよね、とつぐみは胸中でうなずく。でも、ここにいるひとたちの誰も、今日すれちがったひとたちの誰も、葉がどういうときにいちばんうつくしいかを知らないと思う。

久瀬葉は服を着ていないときがいちばんいい、とつぐみは思っている。

半分ひらいた障子戸から午後のひかりが射し込み、葉の裸体を薄く照らしている。蛍光灯じゃなくて自然光がいい。見えすぎなくて、見えなすぎない。

葉の肩とか背中とか太腿《ふともも》のあたりとか、普段服の下になっていて膚が白いところには、ちいさな丸い痕《あと》がいくつも残っている。なんだろうとはじめふしぎに思って、すぐに煙草を押しつけられた痕だとわかった。それはひどく古い傷に見えた。

きづいたとき、つぐみはなぜかじんと胸が痛くなった。

かわいそうに思ったのではなくて、暴力を受けたときの痛みを想像したわけでもなくて、つぐみはおなじように、自分とおなじように痛みでつながれる同類を見つけた気がして、じん、としたのだった。うれしくて、かなしい。はしたない感情だ。でも、それはいともたやすく裏切られた。

へくしゅ、と目のまえの身体がいきなりくしゃみをして、あ、しまった、という顔になり、つぐみのほうを見て照れたようにわらった。

その一連の表情の変化で、つぐみは葉が過去の痛みを抱えたまま生きているのではなく、長い時間のなかでちゃんと傷を癒《いや》してここに座っているのだとわかった。つながれると思って伸ばしたロープをぷっつり断ち切られたような気分だった。

葉が惜しげもなく身体をさらせるのはつよいからだ。この身体はあまりに今このときを生きていて、過去におびやかされることもおびえることもなく、ただそこに在る。なんてつよいんだろう。なんてまぶしいんだろう。なんて……なんてうつくしいひとなんだろう。胸がまたじん、と痛んで、つぐみの頰に静かに涙が伝っていった。そのことがつぐみを……今も過去に囚われたままでいるつぐみをどれほど……。

「つぐみさん？」

目のまえで手を振られて、つぐみははっと我に返る。

「チキンかじったまま停止してたから。おいしくなかった？　チキン」

「ううん、おいしい」

「そう？　じゃあゆっくり食べて」

葉はいつのまにかランチボックスの中身を食べ終えていた。

炭酸を片手にまぶしそうに広場を眺めている葉につぐみは目を向ける。つぐみの視線にきづいた葉がなんのてらいもなく、ふわっとわらい返した。鼓動が急に早鐘を打つ。スケッチブックがなくなってしまうと、つぐみはどんな顔をして葉と向き合ったらいいのかわからなくなる。

「……く、久瀬くんは如月とつきあってたの？」

「へっ？」

すっかりくつろいでいたふうだった葉が急に背筋を正す。

「またいきなり出るね、如月⁉」

おなじ質問は如月にもした。

――久瀬くんとつきあってました？

ショートボブのうつくしい女性はつぐみを意外そうに見つめたあと、

――そういうの、先に本人に聞いたほうがいいと思うよ。

と不敵に口端を上げた。完璧《かんぺき》なカウンターパンチだったし、つぐみはＫＯ負けだった。

「えーっと、つ、つきあっていたかな？　でも結構昔だよ。つぐちゃんと結婚する一年以上前だし！」

「ふーん」

どうせそうだろうと思っていた。——一年以上前。でもじゃあ、葉と出会った頃にはまだつきあっていたのか。つぐみが葉に出会ったのは結婚する一年半前だ。べつに葉はひとつもわるくないけど、なんだかむかむかしてくる。

「久瀬くんは年上の女のひとがすきなの？」

「え、え？」

「すきなの？」

「いや、きらい……ではないけど、とくべつすき……というわけでも……」

葉はさっきから目に見えてうろたえている。

「つぐみさんはどっちがすきなの？」

「わたしは年上がすき」

「あ、そうなんだ……」

間髪をいれずに答えたつぐみに、ひとごとみたいに葉はうなずいている。

葉はつぐみがどちらがすきでも興味がないのだとわかって、つぐみは眉間《みけん》の皺《しわ》を深めた。自分ばかりが葉のことで一喜一憂して、振り回されている気がして、むかむかが膨らんでいく。

今日のお出かけだって、つぐみは楽しかったけど、きっと如月が相手だったら、もうすこしデートっぽい雰囲気になっていたはずだ。少なくとも、バーベキューのときみたいに周囲に兄と妹だと思われることなんかない。

(わたしだって久瀬くんの『奥さん』なのに)

さっき、パラソルの下で見かけたカップルのすがたがよぎって、つぐみは唇を噛《か》む。

(そう見えないかもしれないけど、でも『奥さん』なのに……)

「久瀬くん」

「う、うん?」

「わたし、お祝い決めた」

息を吸い、つぐみはテーブルに手をついた。

「──キスして」

口にしたとたん、なんてことを言ったんだろうと頬にぶわっと熱が集まってくる。

でも今さら引けない。至近距離で見つめ合ったまま口を引き結んでいると、黒よりも茶に近い眸《ひとみ》がみるみるみひらかれていき、「キスっ!?」と葉は椅子から転がり落ちる勢いで叫んだ。

五　旦那さんとはじめてのキス

契約には履行期限なるものがあるらしい。

つぐみと葉が結んだ「結婚契約書」なるものにも各条項に履行期限が定められていて、

「第五条（家庭庶務全般）

乙（＝葉）は甲（＝つぐみ）が求める家庭庶務全般に対し、可及的速やかに履行する、もしくは具体的な代替案を提示するよう努めること。なお、諸事情により履行不能の場合は、理由を明示したうえ、三十日以内に甲に申し出ること。」

と書いてある。

つまり今回の件にあてはめると、葉はつぐみが求める「完成祝いとしてのキス」について、できるかぎりすばやく誠意をもって履行する、もしくはキス以外のお祝い案を提示するよう努力する。なお、本当にしてよいのかわからず悶々《もんもん》としている場合は、それをつぐみにわかりやすく説明したうえで「できません」と三十日以内に申し出なければならない。

どうしよう、とカレンダーを見て、葉は嘆息する。

七月の外出からもうすぐ三十日が経つ。国語が苦手な葉でも「可及的速やかに」の期間をだいぶ過ぎていることがわかる。といっても、キスに代わるお祝い案も考えられていない。いったいなんと言って、「キスの代わりに肩もみはいかがですか」などと切り出せばよいのか。つぐみの反応がこわい。

「あのさ、如月」

工芸科の制作室の床にワックスがけをしながら、葉は学会に出す論文に赤字を入れている如月に声をかけた。窓の外では油蟬が鳴いていて、制作室とドアでつながった講師室では扇風機が唸《うな》りながら首を振っている。学生がいない夏休み期間を狙って、一週間の電気工事が入っているのだ。当然、クーラーは利かない。

「たとえばの話だよ？　キスしてって言われたらどこにする？」

「は？　口以外に場所ある？」

「ほっぺたとか……？」

「今挨拶《あいさつ》の話だった？　相手、欧米人？」

「……ですよね」

うーん、とフローリングワイパーの柄に手をのせて考え込み、あっあんまり置くと乾くや、ときづいて、またまっすぐワイパーを動かす。

「なに？　誰かにキスしてって迫られたの？　不倫？」

「ちがうよ、奥さんにだよ」

「すればいいじゃない？」

「い、いいのかなあ……」

性交渉は契約外、と最初に言ってきたのはつぐみだ。もちろんキスは厳密には性交渉ではないからアウトではない。えろいやつだったらグレーかもだけど……。

でも、つぐみの契約夫の分際でいいのだろうか。のちのちつぐみにほんとうにすきな男ができたときに、契約夫なんかとうっかりキスしてしまったと後悔するのではないだろうか。

もしかしたらつぐみのなかでは、キスは友愛を示す挨拶のようなものなのかもしれないし、葉が知らないだけで花菱や鮫島とはもうしているのかもしれないけど。

（なんかそれもやだな……）

そもそも、なぜキスをするとかしないとかいう話になったのだったか。

途中までは楽しく買いものをしていたと思うし、お昼にランチボックスを買ったときもつぐみはまだ機嫌がよかった。それが途中から、如月と葉が過去につきあっていたという話題になり――つぐみは年上がすきらしい（言い切っていた）――そしていつの間にか「キスして」という話になっていたのだ。この間の流れが謎だ。タイムスリップした？　と葉は首をひねる。

「如月、バーベキューでつぐちゃんと何話したの？」

思いついて尋ねると、「何もー？」と如月は赤ペンを回した。すこし伸びたショートボブは今日はゴムとピンでまとめてある。細身のスキニーにおおぶりのシャツを重ねていて、耳につけているのは、ちいさな銀のキューブが連なるピアスだ。たぶん自作だろう。最近、つぐみがやたらと如月の名前を出すから、バーベキューのときに何かあったのだろうと思ったのだけど、如月は意地が悪くて教えてくれない。ベンチに並んでしゃべっていて、「何もない」はないと思うのだが。

「葉くん、つぐみさんから何か訊《き》かれた？」

「……君とつきあっていたのかって」

「おお」

意外そうに眉《まゆ》を上げ、如月はふふっと咽喉《のど》を鳴らした。

「え、何？」

「意外と逃げない子だなと。――それで？　君はなんて答えたの？」

「いいですか如月。俺は嘘が顔に出やすいタイプなんです。で、つぐみさんは嘘を見抜くのがなぜかやたらとうまいんです。……つく勇気ある？」

ないねえ、と如月はあっけらかんとわらった。

「ていうか君って、嘘をつくと罪悪感でやっぱりごめんってすぐに白状するタイプだと思うよ」

「それは、自分でもそう思う……」

如月と葉がつきあっていたのは、美大で施設管理スタッフのバイトをはじめてからだから、三年前から一年ほどだ。

当時、如月は講師の仕事を終えたあと、制作室を借りて自身の作品制作をしており、葉が閉館の見回りをしていると、「あと十分」とか「あと五分」とお願いされることが多かった。細身の如月が武骨な工具を使っているのがおもしろくて、時には三十分くらい融通をきかせて後ろで眺めていた。葉はひとが何かの作業に没頭しているのを見るのが好きだ。それで如月がお礼に居酒屋でおごってくれたりしているうちに、なんとなくそうなったのだ。

過去につきあったひとたちを思い出すと、なんとなくそうなった、が多い。なんとなくそうなって、自然とそういうことをして、ゆるゆる一緒にいるものの、そのうちだいたい相手に「そろそろおしまい」というかんじで放流される。相手の女の子はみんな葉よりしっかりしているので、どこかの段階できちんと我に返り、将来のことを考えて、関係を整理するのだろう。

そういう意味で、つぐみは葉の人生で出会った女の子たちのなかでも異彩を放っている。

つぐみとのあいだで「なんとなくそうなった」ことはひとつもない。彼女はいつも葉に対して「あれがしたい」と提示する。そしてそのための対価を支払う。ひとつのあやふやさが入る余地もなく、曖昧《あいまい》さもグレーもゆるさない。彼女だったら、葉を捨てるときも契約終了の言葉を突きつけて、きっちりとビジネスとしての清算をするだろう。いや実際、自分たちは離婚届を出さないと法律上別れられないのだが。

「そういえば如月、別れたときに言ってたすきなひととはうまくいったの？」

ふと思い出して、葉は尋ねた。

二年前、如月と別れたときに言われた理由が「ほかにすきなひとができた」だった。てっきり葉と別れて、そのひととつきあうのかと思っていたのだけど、いまだに如月には男の気配がない。

「あーあれね」

如月は頬にかかった髪を耳にかけた。

「いないよ」

「え？」

「すきなひとはいない。葉くんとはそろそろ別れたほうがいいと思ったから別れたの。でも、それをどう説明したらよいか、あのときは自分でもわからなかったから」

「あ、そうなんだ……」

何も考えずに訊いたぶん、思いのほか処理に困るものが出てきてたじろぐ。喧嘩《けんか》がないと別れたとき、葉と如月のあいだに明確ないさかいは見当たらなかった。喧嘩がないとは言わないけれど、葉の側からするとほどよい温度で続いていた気がしたのに、突然別れを告げられたかんじだったのだ。そのときは、すきなひとができたならまあしかたないか、と思って納得した。でも如月いわく、すきなひとはいなかったのだという。つまり如月は葉を慮《おもんぱか》ってそう言ってくれた、ということになる。

「君はさ、やさしくてひとを甘やかすのがうまくて空気も読めて――……でも実はとってもドライなひとなんだよ」

原稿に赤を入れながら、如月は言った。

「わたしがすきなひとができたって言ったときも、びっくりはしてたけど、そっかーってかんじだったじゃない？　誰かに対して荒れくるうような感情とか、正しさを捻《ね》じ曲げてでも手に入れたいとか、そういう衝動、君は抱いたことないでしょう？」

「それは……」

とっさにうまく言葉が返せず、葉はワイパーに目を落とす。

脳裏にぴったりと閉じられたアパートのドアがよぎった。

ボストンバッグを抱きしめる彼女のまえで、無数の一万円札が舞っている。

濡《ぬ》れそぼって薄い肩に貼りついた髪から水滴が落ちる。

おねがい、と彼女は言った。

――おねがい久瀬くん。お金あげるから、わたしと結婚して。

あのとき抱いた感情を、葉はいまだに口にできずにいる。

「……ないね」

「そこは嘘でもちがうっていいなよ。既婚者」

呆《あき》れた声を出して、如月が椅子ごとこちらを振り返る。

如月の視線から逃げるように葉は半開きの窓を全開にした。ワックスがけを終えた部屋は独特の臭いが充満している。「くさっ」と如月が顔をしかめた。

「暑いし、くさいし、もうぜんぜん集中できない。これあしたまでに提出しなくちゃいけないのに」

「ええと、西棟なら冷房入ってるよ。電気系統ちがうから」

「それをはやく教えて」

半眼を寄越《よこ》した如月に、ごめんと謝る。

さっそく移る気になったのか、如月は校正中の論文をクリップで留め、立ち上がった。

「そういえば、君は夏休みどうするの？　スタッフでも何日かもらえるでしょ」

「んー、一日くらいはつぐみさんとどこか行きたいとは思ってるけど……」

つぐみの身体のことを考えると、どこにドアが現れるかわからない旅行はやめておいたほうがよいだろう。とはいえ、せっかくの夏休みなのだから、できたら一日くらいは夏らしいところへ遠出もしたい。帰ったら、いくつか候補を挙げて、つぐみにおうかがいを立ててみようか。いや、キス問題のほうが先か。

思考が一周めぐってもとの場所へ戻ってしまい、葉は嘆息した。

沸騰した湯にそうめんを投入する。今日の夕飯は、キュウリと鯵《あじ》と茗荷《みょうが》の冷や汁に、トマトとツナのさっぱりそうめんだ。冷や汁はすでに作ってあるので、あとはそうめんを茹《ゆ》でて、用意したトマトとツナを盛りつけるだけである。タイマーを一分半にセットして、まな板や包丁を洗っていると、居間にある固定電話が呼び出し音を鳴らした。

「はいはーい、今取りますよっと」

エプロンで軽く手を拭《ふ》きながら居間を横切り、受話器を取る。

「はい、鹿名田ですー」

どうせ鮫島だろうと思っていつもの調子で葉が電話に出ると、数秒、しんとした沈黙が返った。

「あの、もしもーし？」

「――つぐみに替わっていただけますか」

低く抑えた、たぶん高齢の女性の声がして、葉は瞬きをする。

「ええと、どちらさまでしょうか……？」

「鹿名田鷺子《さぎこ》です。それでわかります」

それ以上の質問を拒絶するような、ぴしゃりとした口調だった。

（鹿名田って……）

保留ボタンを押すと、葉は離れで制作をしているつぐみのもとに向かう。

「つぐみさん、今『かなださぎこ』ってひとから電話が来てるけど……」

濡れ縁で庭の芙蓉《ふよう》のスケッチをしていたつぐみは「ああ」と淡白につぶやき、スケッチブックを置いた。鹿名田姓を名乗っているということは、つぐみの親族にあたるのはまちがいないけど、つぐみの反応は薄い。

「電話、つながってるの？」

「うん、出られる？」

「いいよ」

この家には子機がないので、つぐみは居間に戻って電話に出た。

「ご無沙汰《ぶさた》しています、おばあさま」

べつに盗み聞きをするつもりはなかったが、ひっそりしたつぐみの声は自然とキッチンにいる葉の耳にも入ってきた。つぐみは受話器を握りしめて、「はい」とか「わかりました」とかいう言葉をぽつぽつと続ける。伏せがちの目は暗く、簾《すだれ》のように黒髪がかかる横顔からは完全に表情が抜け落ちていた。おばあさまという呼びかたから考えて、たぶん相手は祖母だろうが、つぐみの口ぶりはどこまでも他人行儀だ。

「では、その日ににちにおうかがいします」

五分ほど上司と部下がするような事務的な会話を続けたあと、つぐみは電話を切った。そのままそばの柱に億劫《おっくう》そうに寄りかかる。出会ったばかりの頃のつぐみを思い起こさせる生気のない表情で、葉の胸はざわついた。

「あの、つぐみさん、夕ごはんできたけど……」

そっと声をかけると、つぐみは我に返ったふうに肩を揺らして、「うん」と言った。

ちゃぶ台に並べたトマトとツナのそうめんと冷や汁を、いつもどおりきれいな箸《はし》遣いで食べる。何の電話だったの？　と、ほかの相手なら気軽に訊《き》けることがつぐみ相手だと口にするべきか迷ってしまう。

結局、何も訊けないまま、食後につぐみのコップに麦茶を足していると、

「久瀬くん」

とつぐみが口をひらいた。

こちらを見つめるつぐみの表情が心なしか緊張していて、葉もつい姿勢を正す。

「再来週、おじいさまの一周忌があるの。木曜から土曜まで、鹿名田本家で」

「あ、そうなんだ……」

うなずきつつ、内心じんわりした驚きが広がった。

（おじーさん、亡くなっていたのか……）

つぐみからはめったに家族の話を聞くことはないので、葉はつぐみをかわいがっていたという祖父が今どうしているのかを知らずにいた。葉がつぐみと結婚したのは去年の十月なので、知りようがないというのもあるけど、デッサンモデルとしてつぐみの家に通っていたあいだも、つぐみはそんなそぶりを見せることはなかった気がする。

そこまで考えて、いやちがう、と葉は思い直す。

結婚直前の夏は——つぐみからの連絡が途絶えて、しばらく会えていなかった。このままあの子と会うことはもうないのかもしれない、と思っていた夏だった。

（そうか、あのときにおじーさんが亡くなってたのか）

「本家の人間だけじゃなくて、親族や関係者も集まる大きなものになると思うの」

「うん」

「わたしも参加する必要があって……それで、久瀬くんにもわたしの配偶者として一緒に来てほしいんだけど」

途中まで淡々と口にしていたつぐみは、最後のところだけ不安そうに声を落とした。こういうときこそ、契約書を持ち出して雇い主権限で命じればいいのに、つぐみはそうしようとしない。頭がいいのに、要領がいい子ではないのだと最近は葉も理解しつつある。

「もちろん行くよ。本家ってどこにあるの？」

「千葉の九十九里《くじゅうくり》浜《はま》のほう」

二十三区の端にあるこの街からだとまあまあ遠い。ちょうどお盆シーズンだし、渋滞に巻き込まれることも想定して、あとで旅程を組んでおこう。

葉がさっそくスマホでルートを調べようとすると、「こういうお願いはもうしないから……」とつぐみがぼそぼそと言った。

「三回忌は行かない。今回だけだから」

何回忌だろうと、つぐみが行きたいなら行けばいいし、行きたくないなら行かなければいい。葉はそう思ったけど、そもそも自分は両親に対して何回忌もやったことがないので、法事の重要さ自体があまりわかっていないのかもしれない。なぜつぐみがこんなに張りつめた顔で唇を引き結んでいるのか、彼女にとって鹿名田がどんな家なのかも。

なにしろ葉にとって、これがはじめての鹿名田家訪問なのである。

「そりゃあ鹿名田家はふつうの家とはちがいますよー」

完成した展示会のカタログをチェックしつつ、鮫島が言った。

銀座《ぎんざ》にある鮫島画廊は、近代の日本画家を中心とした作品が並ぶほか、鮫島が独自のルートで見つけた現代のアーティストの作品も幅広く扱っている。今日は週に一度の休業日なので、葉は臨時のバイトでフライヤーの封入と封筒の宛名《あてな》シール貼りをしていた。

空調が利いた事務スペースは、いつもは経理のスタッフがひとり入っているが、今日は鮫島と葉以外にひとはいない。

「鹿名田家といえば、もとは一帯を治めていた旧華族のおうちですよ。つぐみちゃんの曽祖父《そうそふ》にあたる方がやり手でねえ。金融業を起こして財を築いた。今も銀行の経営は続けていて、つぐみちゃんのおじいさまが引退したあとは、おとうさまが頭取についてますね。たぶん、君が想像できないくらいの広さの土地と資産を所有していると思いますよ」

「へえー」

鮫島が語る話のスケールが大きすぎて、逆にいまひとつ現実みがない。

「というか、『きゅうかぞく』ってなに？」

「昔の貴族ですね。時代が時代なら、つぐみちゃんはおひめさまってことですよ」

「えっ、すごいね?」

確かにどことなく気品があるというか、言葉遣いや所作がきれいな子だなあと思ってはいたけど、今の世にそんなやんごとない一族が存在するなんて考えたこともなかった。

「君、そんなことも知らないで、つぐみちゃんと結婚したんですか」

色のついた眼鏡を押し上げ、鮫島は呆《あき》れたふうに息をついた。

「でも、つぐみさんははじめからつぐみさんだったし」

「のんきというか……まあ、そんな君だから、つぐみちゃんが心をひらいたのかもしれませんけど」

これまでつぐみの家の事情にあえて葉は触れてこなかった。あの子が訊かれたくなさそうにしているのがわかったからだ。でも、ふつうの夫婦ならありえないというのもよくわかる。

「鮫島さんは確か、つぐみさんちに出入りの画商さんだったんだよね?」

「昔のことですけどね。絵が好きだったのは、亡くなった祖父の青志《せいし》さんでしたし」

「つぐみさんってやっぱり、あまり家族とは仲良くないのかな……?」

つぐみ相手にはなかなか訊けなかったことを尋ねてみると、「君の想像どおりだと思いますよ」と鮫島は肩をすくめた。

「一度休憩しましょうか」

鮫島に促され、葉はお茶を淹《い》れるために事務スペースの簡易キッチンで湯を沸かす。

鮫島はもらいものだという葛切《くずき》りを出してくれた。梅と糖蜜《とうみつ》のシロップがかかった爽《さわ》やかな風味のものだ。

「鹿名田家の長女に生まれると、それはもうたいへんなんですよ。幼い頃から、言葉遣いに礼儀作法、お茶にお花に日本舞踊、おうちが必要だと考えている各種教養を叩《たた》きこまれて、しかもすべてを完璧《かんぺき》にこなさなくちゃいけない。あの子はすごくがんばりやだったんですけどね、途中からそれがうまくできなくなってしまった。彼女に寄り添うような家族はあそこにはいませんし……。青志さんだけはあの子の防波堤になろうとしてましたけど、つぐみちゃんが大きくなる頃には持病を悪化させてあまりそばにいられなかった」

出会ったとき、つぐみは今以上に心を閉じていて、静かに絵を描くだけの精緻《せいち》な人形のようだった。もし傷ついたちいさな女の子に寄り添う人間がひとりでも身近にいたなら、三千万円と引き換えに夫を買うなんてとんでもないことも考えなかっただろうか。

「ちなみに葉くんはつぐみちゃんの『事件』のことは知ってるんだよね……？」

すこし言いづらそうに鮫島が訊いてきた。葉があまりにもつぐみのことを知らないから、心配になったのかもしれない。

「それはまあ……」

ガラス器にフォークを置いて、葉は顎《あご》を引く。

つぐみがその話を葉にしてくれたことは一度だってなかったけれど……。

――つぐみちゃん。

――あけたらだめだよ。

――こわいことが起きるよ。

錆《さ》びたアパートのドアとともに、脳裏にあの声がよみがえる。

つかんだノブのつめたさや、暗闇に射した月のひかり、そばにいる女の子の微《かす》かな息遣いも。

それらが頭をいっぱいにしてしまうまえに、一度目を瞑《つぶ》った。

「とにかく鹿名田家にいるあいだは、息をひそめておとなしくしてなさい。あまり楽しいとはいえないひとたちばかりだしね」

鮫島の口ぶりにますます気分が落ちて、「できるかなあ……」と葉は力なくつぶやいた。


帰宅するまえに近くのクリーニング店に寄って、数日前に出しておいた喪服を受け取った。つぐみのワンピースと葉の黒のフォーマルスーツだ。葉はこれまでスーツも喪服も持っていなかったので、つぐみの祖父が若い頃使っていたスーツを仕立て直すことにした。幸い、つぐみの祖父は長身だったので、袖丈《そでたけ》や裾丈《すそたけ》を多少調整するくらいで葉でも着ることができる。

荷物を抱えたところで、家々のひとつに盆提灯《ぼんちょうちん》が出ていることにきづいた。

つぐみの祖父の一周忌でばたばたしていたが、もうそんな時期なのだ。スーパーに寄り、お盆の特設コーナーで迎え火に使うおがらとキュウリを買う。

「つぐみさん、ただいまー」

離れで制作しているつぐみにも聞こえるよう声をかけ、クリーニング店で受け取ったワンピースとスーツをハンガーごと客間の鴨居にかけた。夕飯のカレーは今朝バイトに出かけるまえに作っておいたので、あとは素揚げ用の野菜を用意して火にかけるだけだ。禊《みそ》キュウリに割りばしを刺してちいさな台のうえにのせると、縁側から庭に下りて、萩《はぎ》の花を数本摘んだ。籐籠《とうかご》にガラス製の器がついた花瓶に生けて、キュウリの馬のとなりに置く。あとでつぐみと一緒におがらも焚《た》こう。

こういうことを葉に教えてくれたのは、運送会社で働いていたとき、葉を家に置いてくれた社長夫妻だ。あのときは家賃が払えずアパートを追い出され、しかたなく公園のタコ型遊具で暮らしていたら、偶然犬の散歩で通りかかった社長が葉を拾ってくれたのだ。葉が二十歳のときに、社長が病で倒れて会社を畳んだため、一緒に暮らしていたのは一年程度だったと思うけど、よそものの葉をわらって受け入れてくれるおおらかなひとたちだった。

「つぐみさん、ごはんできたよー」

離れの制作室に向かい、長椅子でおなかに画集をのせたまま、うたた寝をしていたつぐみに声をかける。二曲一双の曼珠沙華《まんじゅしゃげ》画を完成させて以来、つぐみは画集をめくったり、本を読んだり、そのままうたた寝をしてしまったり、好きに過ごしていることが多い。まるでどこからか天啓が降りてくるのを待っているみたいに。そしてしばらく経つと、また猛然と制作をはじめるのだ。

「カレー？」

台所にやってきたつぐみは、お鍋《なべ》をかき回している葉を見て尋ねた。

「うん、素揚げした野菜をのせた夏野菜カレー。半熟卵もあるよ」

まえに半熟卵をカレーにのせることを教えたとき、つぐみは中華まん同様、これは神の食べものか？　という顔をした。以来、カレーを作ったときはいつも半熟卵も用意している。

つぐみはぺたぺたと素足で葉にちかづいてきて、後ろから葉の腰に腕を回した。クーラーをかけていたからか、つぐみの身体はひんやりとつめたい。またいつもの「かきたい」が来るのかな、と葉は思ったが、つぐみは葉の背に額を押しつけているだけで何も言わない。施設にいたとき、学校でいじめられて帰ってきた年下の子が無言でくっついてくるのに似ていた。

「どしたの？」

火を止めて身体をひねると、つぐみはなんでもないというようにちいさく首を振った。

「クーラーかけて寝てたら冷えた」

「だから、ブランケットかけてっていつも言ってるじゃーん」

「……うん」

うなずくつぐみはどことなく元気がない。

いつもなら、比較的のんびりしている期間のはずのつぐみは、近頃、日に日に張りつめてきている。はじめはまた制作期間に入りかけているのかと思ったが、すこし見ていて、ちがうらしいときづいた。

つぐみは祖父の法事に向けてどんどん張りつめていっている。神経を研ぎ澄ませて、すこしの綻《ほころ》びもゆるさないように鎧《よろい》をまとって、そしてときどきひどく疲れている。

「……ごはん食べる？」

「うん。久瀬くん」

つぐみはノースリーブのワンピースを着ている。つめたくなった肩を手で擦っていると、ようやく顔を上げて腕を解いた。

「ごはんのあと、あしたの作戦会議しようね」

作戦会議とくるか。あした向かう場所は敵陣か何かなのか？　と葉は思う。

温め直したカレーに素揚げした野菜と半熟卵をのせ、あとは余っていた野菜を投入したスティックサラダをふたりで食べる。夜になって気温が下がったので、扇風機だけをかけて、窓は開けている。蚊取り線香の香りが風にのって時折鼻先をかすめる。

「そういえば、つぐみさん」

半熟卵を崩しているつぐみに、葉は口をひらいた。

「久瀬くんって呼びかただいじょうぶ？　俺はべつになんでもいいけど、ふつう旦那《だんな》さんを旧姓では呼ばないんじゃないかなあって……」

鹿名田本家に対して、つぐみは「モデルの男にうつつを抜かして結婚までした放蕩《ほうとう》娘」という設定で絶縁している。実際は三千万円の金銭契約による結婚なのだが、「うつつを抜かした」わりには「久瀬くん」は他人行儀な呼びかたというか。

「でも、久瀬くんは久瀬くんだし……」

「帰省中だけでも下の名前で呼んでみたら？」

「──葉くん？」

急に慣れない音の並びが返ってきて、葉はカレーを詰まらせかけた。

なぜだろう、如月も花菱も鮫島も、なんなら近所のクリーニング屋のおばさんすらおなじ呼びかたをしているはずなのに、つぐみが言うと破壊力があるというか。

「葉くん、葉くん、葉くん」

覚え込むようにつぐみは練習している。

「いや、そんながんばらないでいいけど……。何かこだわりあった？　呼びかた」

葉はつぐみをはじめは「鹿名田さん」、そのあとは「つぐみさん」とか「つぐちゃん」とかそのときの気分で呼んでいる。つぐみは最初から一貫して「久瀬くん」と呼んだ。それ以外の呼びかたはまちがいだとすら言いたげな徹底ぶりだ。

「久瀬くんは久瀬くんだから……ほかの呼びかたはしちゃいけないから……」

つぐみはさっきと似たようなことを目を伏せてつぶやいた。

それ以上はもう聞いてほしくないという気持ちが透けて見えて、「そ、そっか」とうなずき、葉はカレーをスプーンですくった。実際、葉は呼ばれかたにこだわりはないので、「葉」でも「ヒモ」でも「久瀬くん」でもなんでもよいのだけど、ほんのすこしだけ、名前で呼んでくれればいいのに、と思った。葉くん、と何度も練習するつぐみがかわいかったからかもしれない。

カレーを食べ終えると、葉は洗いものをはじめた。

つぐみはもちろん手伝わない。でも、ひとりで離れに戻ったりもしない。

そういえば、ごはんのあとは「あしたの作戦会議」だったか。食後の家事を手早く済ませると、葉は冷蔵庫から瓶入りの塩サイダーを二本取り出し、縁側でキュウリの馬をつついていたつぐみに一本を渡した。

「久瀬くん。キュウリが落ちてる」

「いや、つぐちゃん、それキュウリのお馬さんだよ」

「え、馬？」

つぐみはつついていたキュウリをまじまじと見つめた。

いちおう足っぽく割りばしを四本刺したつもりなのだが、刺しかたが適当だったせいで、ただ割りばしを刺したまま落ちているキュウリになりさがっている。

つぐみは軽やかな鈴のような声でわらいだした。

「久瀬くん、ぶきっちょだね。梅のヘタとりはうまいのに」

「ひとには得意と不得意があるんだよー」

「そうか、今日は迎え火なんだね」

迎え火というつくしい言いかたをつぐみはした。

「どうして迎えるときはキュウリなのか、つぐみさん知ってる？」

ふぞろいな足を刺し直してあげているつぐみのとなりに葉は座った。

「知ってるよ。迎えるときは馬ではやく走って、送るときはゆっくり牛にのってもらうの」

「ナスも買ってきたから、帰ったら作ろうね」

「……久瀬くんのご両親も戻ってきてる？」

キュウリの馬を板敷のうえにそろそろと立たせながら、つぐみが尋ねた。

「んー、どうかなー」

倒れそうになった馬を葉は手を添えて支える。

重心をすこしずつずらすと、やがて馬は自立した。

「来てないと思うよ。大丈夫」

馬は一頭しか置いていないし、つぐみの祖父で定員オーバーだろう。

塩サイダーを片手に、あしたの作戦会議をはじめる。

鹿名田本家に滞在する期間は三日。

一日目に一周忌の法要があり、二日目に親族だけの墓参りと形見分け、三日目の昼の会食をもって終了となるらしい。つぐみは葉と結婚する際、鹿名田家とほぼ絶縁したのだが、祖父がつぐみをことのほかかわいがっていたこともあり、祖母から法事への出席を求められたそうだ。また、そのときにずっと鹿名田本家が保管していたこの木造平屋の家と土地の権利書も受け取ることにしたのだという。

「あの家で過ごすあいだは、できる限りわたしのそばから離れないようにして。誰かに何かを言われても取り合わなくていいから」

「う、うん」

つぐみの口ぶりの厳しさに、おののきつつうなずく。

「それから、わたしの言うことには必ず従うこと。——久瀬くん、お焼香のやりかたは知ってる？」

「ううん」

「じゃあ、あとで練習しよう」

つぐみはてきぱきと法要の流れと最低限の作法を教えてくれた。

ちなみにつぐみには両親のほかにふたつ年下の妹がいるらしい。名前を訊《き》くと、「ひばり」と単語だけが返る。それ以上、つぐみが話したくなさそうだったので、ひばりの話はやめておいた。どうせあした会えば、わかることだ。

「ところでつぐちゃん」

作戦会議が落ち着いたところで、葉はおそるおそる切り出した。

「あの、こんなときなんだけど、例のキス……なんですけど」

ほんとうにこんなときにどうかと思うのだが、つぐみの「キスして」の履行期限が今日なのである。つまり、「諸事情により履行不能の場合は、理由を明示したうえ、三十日以内に申し出」なければならない。

「ああ、あれ」

緊張して切り出したのに、つぐみの反応はそっけなかった。

「いいよ、べつにもう」

「えぇ……」

「わたしも忘れてたし」

軽く唇を尖《とが》らせて、つぐみが言った。

べつに葉は忘れていたわけではなく、どうしよう、と三十日間悩んでいただけなのだが、「わたしも」と言われてしまうと言い出しづらい。じゃあ、やめたほうがいいのかな、と考えていると、

「久瀬くんがしたいならいいけど」

立てた膝《ひざ》を所在なく引き寄せ、つぐみがつぶやいた。葉と逆のほうに顔をそむけているので、表情は見えない。ただ、長い黒髪からのぞく耳の端はほんのり赤く染まっている。

（なんというかこれ……）

ぼんやりしている葉でもさすがに察しがついた。

(……覚えているよね？　忘れてたひと、こんな態度とらないよね？)

空になったサイダー瓶を置き、葉はつぐみのとなりにしゃがんだ。

夜のまだ浅い、空に昼間のひかりが残っているような時間だ。蚊取り線香の煙まじりの風が、夫婦らしくない距離があいたふたりのあいだにふわりと吹き抜ける。

「つぐみさんがいやじゃないなら」

「……久瀬くんがいやじゃないなら」

──女の子むずかしいな!?

「き……」

「き？」

「如月じゃないから、いやなのかもしれないけど、」

つぐみがごにょごにょつぶやいている最中に、こめかみにくちづけた。

汗の香りがわずかにした。目を細めて、おなじ箇所にもう一度くちづけた。

言葉を止めたつぐみがちいさくふるえだしたので、はじめ葉は怒られるのかと思った。しゃべっている最中にするなとか、場所がそこじゃないとか。でも、目に映ったつぐみは顔を真っ赤にしてふるえていたので、ぽかんとしてしまった。

「……ねま、寝ます」

いきなり丁寧語を使って、つぐみはすっくと立ちあがった。

「えっ、ああ……はい、おやすみなさい」

「おやすみなさいっ」

つられて丁寧語になりつつ、走り去っていくつぐみを見送る。

濡《ぬ》れ縁《えん》にはつぐみの塩サイダーの瓶と、傾きかけたキュウリの馬、そして葉だけが残された。つぐみが視界から消えるに至って、「うわー……」と葉は柱に寄りかかる。

はずみでついに馬が倒れた。

こまった。心臓が痛い。

＊…＊…＊

鹿名田本家は千葉の北東部にあり、つぐみと葉が住む街からは車で三時間ほどかかる。といっても、それは通常時の見込みで、世間はお盆休みまっただなかだ。渋滞に巻き込まれると大変なので、まだ薄明かりの早朝のうちに家を出ることにした。

いつもは遅起きのつぐみだが、今日は葉が起こしにいくまえに自分で母屋に来た。

無地の黒のワンピースに真珠のイヤリングをしているだけのシンプルな装い。でも、つぐみにはこういう服のほうが似合う。育ちのためか、静かな風格があるのだ。ちなみに葉は仕立て直したつぐみの祖父のスーツに袖《そで》を通したが、就活中の美大生のほうがもうすこしマシな気がした。スーツに着られている感がすごい。

「じゃ、行こうか」

いつものように玄関の引き戸を開け、つぐみに手を差し出す。

普段ならためらいもなく手を重ねてくるつぐみは、今日は数秒硬直したあと、葉の人差し指の先をちょっとだけ握ってきた。でもそれも三秒と続かない。車に乗ってからも、つぐみは助手席のぎりぎり窓の端まで身体を寄せていて、葉が最大風量になっていたクーラーを切ろうと手を伸ばすと、「ひゃっ」と声を上げて飛びのきかけた。

「…………」

助手席で異様にかしこまっている奥さんにどうつっこんだらよいかわからず、葉はとりあえずクーラーを切って窓を開ける。カーナビに目的地を入れ、アクセルを踏んだ。

――まずい。この状態で行けるのか、鹿名田本家。

いや、物理的には事故さえ起こさなければたどりつけるはずなのだが、今のつぐみと葉で三日間の法事を切り抜ける自信がない。そもそも、旦那《だんな》さんが手を伸ばしただけで悲鳴を上げて飛びのく奥さんはいないだろう。契約結婚以前に家庭内暴力を疑われるかもしれない。

原因はさすがの葉でもわかる。

きのうのアレだ。かなりの確率で、たぶんアレだ。

やっぱりタイミングをはからないで、勝手にしたのがまずかったのだろうか。せーので、みたいな掛け声もなかったたし。キスって掛け声をしてからするもんだっけ？　とは思うけれど。

（でも、如月がまたも出没するから！）

きさらぎ……とごにょごにょつぐみが言い出したとき、あ、聞きたくない、と思った。次に如月の名前が出たら、むかっとする予感がしたのだ。けれど、よく考えたら、雇い主の言葉を聞きたくないなんて、契約夫の分際で身の程をわきまえなすぎる。つぐみが如月の話がしたいなら、多少むかむかしてでも最後まで如月の話を聞くのが、契約夫としての本分ではないだろうか。挙句、この重要な日に雇い主の精神状態を乱しているなんて、最低の行いである。三千万円、ちゃんと仕事しろ。

「そうは言ってもさ……」

サービスエリアのベンチで、葉は化粧直しをしているつぐみを待ちつつうなだれる。あと三十分もすれば高速道路を降りる。そこから鹿名田本家までは一時間もかからないはずだ。そのあいだにつぐみの機嫌をどう取って、いつもどおりの関係に戻していけばいいのか、途方のない道のりに思える。

うーん、と難しい顔をして唸《うな》っていると、目のまえにすいと缶コーヒーが差し出された。

「アイスコーヒーでよかった？」

さらりと長い黒髪を揺らして、つぐみが尋ねる。

「あ、ありがとう」

「ううん」

いつもより心なしか距離をあけて葉のとなりに座ると、つぐみは自分のぶんの飲料水のキャップをひねって、すこしだけ飲んだ。

「疲れた？」

「え？」

「疲れてそうに見えたから」

「そんなことないよ」

ほんとうにそんなことはない。

むしろ意外とつぐみが葉を見ていたみたいで、ちょっと申し訳なくなった。仕事しろと自分を叱ったのに、さっそく雇い主に気を遣わせてしまった……。

日の下で見るつぐみは、葉よりずっと張りつめて、疲れて見えた。化粧直し、ほんとうにしてきたんだろうか。顔色がわるい。

会話が途切れた葉たちのまえを、つぐみと同世代の女の子たちがわらい声を響かせながら通り過ぎていく。よく日に焼けた膚《はだ》と短パンからすらりと伸びた健康的な脚、カラフルな夏服。ペットボトルを握りしめたつぐみは、夏なのに蒼白《あおじろ》い顔をして遠くを見ている。彼女たちより十も二十も年を重ねて見えたし、反対に幼子が途方に暮れているようにも見えた。

「久瀬くん。そろそろ行こうか」

無理に背筋を伸ばそうとするつぐみに、ふいに葉はもう帰ろうかと言いだしたくなってしまった。

疲れちゃったし、もう帰ろうよ。無理しないでいいよ。たかが法事だ。

でも、つぐみにとってはたかが法事ではなく、自分をかわいがってくれた祖父を悼む大事な式なのかもしれないし、祖父から譲られた家と土地の権利書を受け取るという彼女なりの目的もある。家族とうまくいっているとは言えないつぐみが実家に帰るなんて、よく考えればよっぽどのことだ。

「久瀬くんってスーツはあまり似合わないね」

つぐみの手が伸びて、葉のよれていたシャツの襟を直した。家を出たときはあんなに挙動不審だったのに、化粧直しのあいだにちゃんと気持ちを立て直してきたらしい。えらいなと思ったけれど、最近のこの子はひとりでがんばりすぎている気がする。

「着る機会がなかったからさ……。必要なら、次はもうちょっとどうにかします」

「いいよ、君はそのままで」

「つぐみさんはきれいな服も似合うね」

「うん」

姿勢よくフォーマルな服を着こなすのは、彼女にとっては賛辞には当たらないらしい。

葉のシャツの襟から指を下ろし、「やっぱりわたしひとりで行こうかな……」とつぶやく。

「電車は乗り慣れてないから、できれば、あさって最寄り駅まで迎えにきてほしいんだけど――」

「いやだ」

めずらしくはっきり言ったので、つぐみは驚いたふうに眸《ひとみ》を揺らした。

べつにこわがらせたいわけじゃないから、表情をゆるめる。なるべく軽く聞こえるように続けた。

「ここまで来たんだし、一緒にいこ？　俺にも仕事させてよ」

きのうから契約夫らしい仕事がまるでできていないけど、まだクビにはしないでほしいのだ。

鹿名田本家のそばの駐車場に車を停めて、外に出る。

「えーっと」

油蟬の声が響くなか、右も左も果てしなく続く塀を見て、葉は目を丸くした。

「え、これ端から端までが君の家？」

「わたしではなくて父のだけど。このあたりの土地もぜんぶそう」

「ほんとうにお嬢さまなんだねえ」

「曽祖父《そうそふ》が事業に成功しただけだよ」

八月の炎天下の日射しは殺人的に強い。無頓着《むとんちゃく》に歩いていってしまおうとするつぐみに、「待って、つぐちゃん、傘」とひらいた日傘を差し出した。

塀に沿って歩くと、立派な屋根付きの門が現れる。両側には提灯《ちょうちん》が掲げられ、ひらかれた門の脇に「鹿名田青志一周忌」の看板が出ていた。

「入ろうか」

門の内側に目を向け、つぐみが言った。

彼女の声はそう大きくなくても、ふしぎとよく通る。集まりはじめていた参列者が、はっとしたふうにつぐみを振り返った。

「つぐみさん……」

「ご無沙汰《ぶさた》してます、羽田《はだ》のおじさま」

恰幅のいい老紳士に挨拶《あいさつ》すると、つぐみはその場にいたほかの参列者にも会釈をして、門をくぐった。

油蟬の鳴き声がいっそう激しくなる。雲ひとつない青空なのに、門をくぐったとたん、空気が一段重くなった気がした。敷き砂に樹木の濃い影が落ちている。百日紅《さるすべり》の赤い花が目を惹《ひ》いた。

「ねえさま」

鈴が転がるような、つぐみとよく似た声が頭上から降る。

二階建ての屋敷の端の窓から、ひらりと白い手が振られた。つぐみとうりふたつの面差しをした少女だ。歳はすこし下かもしれない。黒い着物を着た少女は窓の桟に腕をのせ、「おかえりなさい、ねえさま」と芍薬《しゃくやく》が咲くように微笑んだ。

「ひばり」

つぐみがわずかに顔を強張《こわば》らせる。

窓から一度少女のすがたが消え、すこしすると玄関からおなじ少女が現れた。法事に合わせた落ち着いた装いだが、香りのつよい花のように自然と周囲の視線を引き寄せる。こちらがきづかないと日陰で咲き終えていそうなつぐみとは正反対の印象の妹だ。

「来たのね。遅いから、またすっぽかす気なのかと思った」

「……今日はおじいさまの一周忌だから」

「ねえさま、あのひとには懐いていたものね」

「おばあさまたちは？」

「朝からお寺にお参りにいってる。もうすぐ帰ってくるんじゃない？」

ひとしきり会話をしたあと、ひばりはちらりと葉に目を向けた。

一瞬身構えたものの、あちらのほうからにこりと微笑まれる。悪意のない笑みだ。

「はじめまして」と葉はつぐみとの事前打ち合わせどおり挨拶した。キーワードは必要最小限である。

「つぐみさんの夫の葉です」

「はじめまして、久瀬さん」

伝えていない旧姓のほうでひばりは葉を呼んだ。

「鹿名田ひばりです。姉がご迷惑おかけしています」

迷惑をかけてますって姉の結婚相手に対してふつうにする挨拶だったろうか。疑問に思いつつ、「いえ、ぜんぜん」と葉は手を振った。つぐみ相手に迷惑だと思ったことは一度もない。

ひばりは笑顔のまま、すっと目を眇《すが》めた。

めったにわらわないつぐみとちがって、ひばりの笑顔はどこか人工的なにおいを感じさせる。笑顔の内側でまったくべつのことを考えているようにも見えるのだ。

「ねえさま」

玄関を示し、「連れて入るの？」とひばりが囁《ささや》く。

「うん」

「そう」

姉妹の会話は暗号めいていて短かった。

「粗相がないようにちゃんと見張っててね」

「わかってる」

顎《あご》を引き、つぐみは歩きだした。

話は終わったらしい。もしかしなくても、「粗相」の主語は葉だったのだろうか。

つぐみのあとを追い、屋敷に上がると、線香の香りが鼻腔《びこう》をくすぐった。

法事——自分の父親のときはどうだったのだろうと考えて、ちがう、葬式自体をやっていなかったのだと思い出す。あのときはとても式を出せる状況ではなかったのだ。

小学五年生の葉は、父親の骨壺《こつつぼ》が入った箱を抱え、ランドセルに持ちものすべてを詰め込んで、父の弟だというひとの家にやってきた。叔父《おじ》には奥さんとのあいだにふたりの子どもがいた。それまで葉は会ったことがなかったけれど、小学三年生の男の子と幼稚園生の女の子だった。

――それ、中に持って入んないでね。

玄関で待ちかまえていた義理の叔母《おば》は、葉の腕の中の骨箱を見てぴしゃりと言った。しかたなく玄関の脇の雨どいのそばに置く。雨で濡《ぬ》れてしまわないよう、できるだけ雨どいから離して、屋根にかかるようにして。

――なんであんな子引き取ったのよ……。

――しかたないだろう。ほかに引き取れる親族がいなかったんだ。

――母方は？　いるでしょう、親とか兄弟とか。

――見つからなかった。

――あなたの探しかたがわるいんじゃないの？

子どもには聞こえないと思ってひそやかに交わされる会話のゆくえに、心臓がどきどきと嫌な音を立てる。ここを追い出されたら、葉にはもう行くところがない。実際はそうでもなかったのだけど、十歳の葉は本気でそう思っていた。

ランドセルの肩ベルトを握りしめて、そろそろと目を上げる。

(おねがい、きらわないで、捨てないで。俺はどうしたらいい？)

——そういう目でこっち見ないでよ。

嘆息する叔母からは、染みついた煙草の苦い香りがした。


「——葉くん？」

つぐみに顔をのぞきこまれ、瞬きをする。

「あ、ごめん」

線香の香りのせいか、一瞬意識が過去に飛んでいた。

顔を上げると、一気に視界がひらける。法要が行われる広間に着いたのだ。

そして今さらだが、つぐみがきっちり「久瀬くん」ではなく「葉くん」に呼びかたを切り替えていることにきづいた。すごい。練習していたときの舌足らずが嘘のようだ。

(あれは……？)

(つぐみさんよ。本家の長女の)

(外の男に引っかかって、家を追い出されたっていう？)

(どうして今さら)

(すこしでも遺産を分けてもらえるとでも思ったんじゃない？)

つぐみにきづいた参列者が無遠慮な視線をちらちらと走らせながら囁き合う。総勢五十人はいるだろうか。どこまでが親族で、どこからが知り合いや関係者にあたるのか、葉にはちっともわからない。

つぐみは会釈をしただけで、端の席に無言で座った。

つぐみにならって、葉もとなりに正座する。

（じゃああれが外で引っかかったっていう……）

（確かにきれいな顔をした子ねえ）

（身体を売ってたらしいわよ。つぐみさんが買ったって）

「……ぶっ」

予想の斜め上をいく言葉が耳に飛び込んできて、葉は噎《む》せかけた。

――いや、売ってないです、売ってないですよ身体。

葉が美大でしていたのはヌードデッサンのモデルであって、確かにつぐみはモデルとしての葉を買ったわけだけど、一線を越えたことは一度もない。くそ、尾ひれめ……。

葉だけならともかく、つぐみをふしだらな娘みたいに言うな。

第一、つぐみは家を追い出されたわけではない。自らの意思で出たのだ。

遺産をせびる必要もない。彼女は画業で身を立てているのだから。

もやもやしつつ、葉はとなりに座るつぐみに目をやる。

つぐみはまっすぐ前を見ていた。

下世話な噂話も葉のもやもやも、ひとつも汚せないくらい、彼女は毅《き》然《ぜん》と顔を上げている。その清冽《せいれつ》な気迫におののく。そして、遅れてきづいた。ここ最近、彼女が疲れ果てながら築いていた綻《ほころ》びのない鎧《よろい》はこのときのためにあったのだと。

（もう帰ろうなんて、どの口で言おうとしてたんだろう俺……）

そのとき、壮年の男性に付き添われて、グレーヘアの老女が広間に入ってきた。紋付の黒の薄物を上品に着こなし、一糸の乱れもなく髪を結い上げている。しゃんと張った背筋と引き結ばれた唇のせいか、厳格な印象を与える女性だ。壮年の男性はつぐみに目を向けると不快そうに眉根《まゆね》を寄せたが、老女のほうは一瞥《いちべつ》すらしない。

参列者のあいだの空気が明らかに張りつめたものに変わる。

「おばあさま……」とつぐみがつぶやいた。

広間を横切った老女は、沈黙したまま、衣擦《きぬず》れの音すらさせずに施主の席の横に座った。

鹿名田青志の一周忌は、定刻どおりはじまった。

僧侶《そうりょ》による読経、焼香、法話が終わり、施主である鹿名田家当主が挨拶《あいさつ》をする段になって、葉はつぐみが「おばあさま」と呼んだ老女が、この家で「大奥さま」と呼ばれるつぐみの祖母の鷺子であり、鷺子に付き添っていた壮年の男性がつぐみの父親、そして鹿名田家当主の清志《きよし》だと知った。

となると、清志の後ろに座る終始うつむきがちの女性はつぐみの母親だろうか。

女性のとなりの席には、ひばりと二十代後半と思われる青年が座っていた。

北條律《ほうじょうりつ》――ひばりの婚約者なのだという。法事がはじまるまえ、例によってそこかしこから聞こえてくる噂話で知った。やはり百年以上続く名家の次男坊で、父親が経営する企業のひとつで研鑽《けんさん》を積んでいる最中らしい。葉とちがって、高そうな黒のフォーマルスーツを完璧《かんぺき》に着こなしている。涼しげな目元のせいか、全体的にしゅっとしてぱりっとした雰囲気の男である。

漫然とあちこちに意識を向ける葉に対して、つぐみのほうは焼香のとき以外は微動だにせず、ずっと前だけを見ていた。

「では、会食の準備が整うまでしばらくおくつろぎください」

法要が終わったあとの広間では、参列者がそこかしこに集まって歓談をしている。

法要の最中は閉められていたガラス戸が開け放たれたため、見事な日本庭園が見渡せた。つぐみの家の庭も四季折々の花が咲くうつくしいものだけど、広さが格段にちがう。木々と庭石が整然と配された庭はすこし息苦しいほどで、白百合《しらゆり》の強い香りが広間にいる葉のほうまで漂った。

「ひばりさん、見ないあいだに大人びて。いくつになられたんですっけ？」

「先々月十八歳になりました。小野《おの》のおばさまこそ、いつお会いしてもおきれいです」

「若い頃の大奥さまにそっくりだよ。律くんとの結婚が楽しみだな」

ひばりを中心に華やかな話題が続く一方、縁側にぽつんと座るつぐみの周りは誰もちかづくことなく静まり返っている。「ほらあれが……」「男を作って追い出された長女の……」と離れた場所にいる参列者たちが尾ひれのついた噂を囁き合う。

(どうして今さら現れたのかしらね)

(明日の形見分けが目当てなんじゃない？)

(青志さんも外にずっと愛人を囲っていたのよね。似た者同士というか……)

(血は争えないわねえ)

「――よくもまあ、ぬけぬけと帰ってこられたものだな」

そのとき、囁《ささや》き声とはちがう、明確につぐみに向けられた声が頭上から響いた。

見れば、険のある顔つきで壮年の男がつぐみを見下ろしている。今回の法要の施主である、つぐみの父親の清志だ。

「かあさんたっての希望で一応招待リストには入れたが、まさかほんとうに来るとは思わなかった」

「そうですか」

「ふつうは辞退するだろう。その厚かましさは誰に似たんだろうな」

「わかりません」

つぐみの受け答えは機械的で、あらかじめプログラムしておいた答えを返しているだけというかんじだ。はじめから機嫌がよかったとはいえない清志の表情がみるまに赤黒く歪《ゆが》んでいく。

「縁談の件で、おまえが双方の顔にどれほど泥を塗ったかわかっているのか？」

尖《とが》りを増した声に、広間で話していた参列者たちの視線が集まる。

はい、と口にするつぐみから表情らしい表情はうかがえない。

「もともとこちらから先方に頼みこんで、やっともらってもらえるという話だったんだぞ。それをおまえが台無しにした」

「すみません」

「支度金も多めに用意して……おまえは問題が多いから」

「ちょっ――」

「すみません」

娘相手でもさすがにその言いかたはないだろうと思って口を挟もうとすると、つぐみが先に謝ってしまった。口をひらきかけたまま止まってしまった葉に「べつにいいから」と感情が抜け落ちた声で言う。

先ほどまで鳥の囀《さえず》りのようにつぐみの噂を囁き合っていた参列者たちは静観に徹している。つぐみの母親やひばりも同様だった。家族と仲良くないのは聞いていたけど、ほんとうに誰もたすけないのか、とびっくりしてしまう。つぐみは家と家が進めていた縁談を破棄して葉と結婚したわけなので、庇《かば》う義理がないといえばそうなのかもしれないけれど……。

何よりも胸が痛いのは、この状況で、こんなにもひとが集まっている場所で、つぐみは誰にもたすけを求めていないし、誰のたすけも期待していないということだ。

「どうせ『それ』だって金めあてだぞ」

葉に冷めた一瞥を送り、清志はつぐみのほうに言った。

「おまえはおやじのような外での愛を夢想しているのかもしれないが、あれだって金の援助で成り立っていた愛人関係だ。ましておまえのような問題が多い娘としたくて結婚する人間がいるものか。あとで捨てられても、ここにはもうおまえの帰る場所はないからな」

「——あのっ」

一度つぐみに制止をかけられているのに、がまんしきれず、つい口を出してしまう。

「そ、それ以上、つぐみさんに失礼なこと言うのはやめてもらえませんか?」

確かに清志の言うとおり、つぐみと葉のあいだにあるのは金銭契約だ。

ほんとうに「金めあて」の結婚なのだ。それでも、周りと一緒につぐみが傷つけられているのをただ見ていることなんてできない。

勢い込んで続けようとすると、上着の裾《すそ》を横からぐっと引っ張られた。

もういい、というつぐみの意思表示だ。雇い主であるつぐみの命令は絶対で、事前の打ち合わせでも、つぐみはとにかく自分のそばから離れず、自分の言うことには必ず従うようにと言っていた。話をしていたときは、いつもやっていることだからとくに問題ないだろうとうなずいていたけど、実際にその状況になるとちがう。

「つぐみさんはいつだってとってもかわいい女の子だし、ひとの気持ちを考えられるすてきなひとで、問題なんてひとつもないです。むしろ俺のほうが良質な職場環境に日々感謝をしているくらいですから！」

「……職場？」

しまった、と自分の失言に我に返ると、「清志さん」と背後から凛《りん》とした声がかかった。

「席の準備の件で呼ばれていますよ。指示を出して」

「かあさん」

鷺子の登場に、清志がとたんに背筋を伸ばす。まだ物言いたげに唇を歪めたが、結局何も言わずにその場から離れていく。葉はほっと胸を撫《な》で下ろした。だが、つぐみはまだ緊張を解かずに、ちかづいてきた鷺子を見つめている。

「見ないあいだに大きな『犬』を飼うようになったのね」

口元に薄い笑みをたたえて、鷺子が言った。

つくりものめいた微笑はひばりに似ているが、もっと凄《すご》みがある。

「はい。素直で従順なわたしのお気に入りです」

臆《おく》せずつぐみは言い返した。

「どうかいじめないでやってくださいな。おばあさま」

「そんな趣味はわたしにはありませんよ。あなたや青志さんとちがって」

軽く一笑に付して、鷺子は肩をすくめる。

ふたりの会話はそれで終わったらしい。鷺子がきびすを返すと、広間にもとのにぎわいが戻り、つぐみは疲れたように息をついた。

「ごめん。打ち合わせどおりにやらなくて……」

鹿名田家に入るとき、ひばりが言っていた「粗相」をさっそくやってしまった気がする。おずおずと口にすると、つぐみは首を横に振った。

「お焼香、練習どおり上手にできてたね」

寛大な心でゆるしてくれたらしく、安心させるように微笑みかける。清楚《せいそ》な花に似たきれいな微笑だったけれど、それはひばりや鷺子が浮かべる人工的な笑みに近くて、うれしいよりもせつなくなった。葉が落ち込んでそうだったから、意識してわらいかけてくれたのだ。

「ええと……あっ、百合の花きれいだね」

話題を無理やり変えて、庭に咲き乱れる白百合に目を移す。

「ああ、今年も咲いたんだね」

「あれって散水機？」

「鹿名田の庭は広いから」

地面から伸びた黒い筒のようなものが草木に水を撒《ま》いている。時間でセットされているのだろうか。水を浴びた白百合の香りが強くなる。

どこか遠くを眺めているつぐみの張りつめた横顔に目を向ける。

こんなにうつくしい庭で、この子はひとり息を殺しているのだ。

「ね、つぐちゃん、見て」

葉は縁側から庭に下りると、散水機のそばにかがんだ。手で水の吹き出し口を押さえて、すこし方向を変える。水のシャワーに日射しがかかる。

「ほら、虹《にじ》」

ちいさな七色の半円がつかの間、水煙に重なるように生まれた。

子どもの頃、よくやっていた遊びだ。施設にいたとき、年少の子たちにやってあげると喜んでいたので、つぐみもすこしは元気になってくれるかもしれない。

でも、縁側に座るつぐみは、期待したような笑顔にはならず、ただぼうっと眼前にかかった虹を見上げた。うつろにひらいた眸《ひとみ》にさざなみが立つ。やがて、眸のふちからあふれた涙がぽろっと星が流れるみたいに頬を伝った。

「わっ」

驚いたせいで手元がくるい、葉の上着に水がかかる。

あわてて身を引いたけど、あとのまつりだ。幸い、シャツまでは濡《ぬ》らさなかったものの、上着の右下がびしょ濡れになる。

「うわ、どうしよ……」

「平気？」

「俺は平気だけど、おじーさんのスーツがまずい……」

濡れ縁からつぐみが差し出してくれたハンカチを受け取る。

あらためて見上げたつぐみの右頬にもう涙の痕《あと》はなかった。見間違いだろうか。でも、透きとおった水晶みたいにきれいな涙だった。思わず目を奪われて動けなくなるくらい。

とりあえずどこかで上着を乾かしてこようと立ち上がると、使用人らしき女性が洗面室の場所を教えてくれた。

広間を横切って、部屋の外に出る。そのとき、ひばりを中心とした取り巻きたちの輪からわらい声が上がった。縁側にぽつんと座るつぐみに対して、ひばりの周りにはたくさんの人間が集まり、いかにも華やかな雰囲気だ。

ふと、ひばりの視線が取り巻きたちとは別の、つぐみがいる縁側に向けられていることに葉はきづいた。その視線のつめたさに背筋がひやりとする。葉には兄弟がいないけど、姉を見つめる妹はふつう、こんなにつめたい目をしているものなのだろうか。


だらだらと続いたうえ、食べた気がしない会食が終わると、参列者は帰り、親族枠のつぐみと葉は離れの二階の一室に案内された。あすの墓参りは近親者だけが参加すると聞いたが、まだ十数人は残っている。

叔父《おじ》に叔母《おば》、従兄弟《いとこ》、おのおのの配偶者や子ども、婚約者たち。「近親者」の多さに葉はくらくらした。当然、誰が誰に対するなんなのかなど覚えられるわけがない。

祖母の鷺子とつぐみの両親、二歳下の妹のひばりと婚約者の律。かろうじて顔と名前が一致したのはそれくらいだ。

つぐみに比べると、葉の周りはなんとすっきりしていることだろう。

妻つぐみ、以上。増えないし減らない。明快だ。

「うう、まだ一日目かー……」

足が伸ばせる大きさのバスタブに浸《つ》かって、葉は遠い目をする。なんだか心身の疲労具合では三日くらい経っている気がする。時空がおかしい。おそるべし、鹿名田家。

そして、先ほどあたりまえのように布団がふたつ並べられた寝室につぐみと案内されたのだが、実は葉はつぐみとおなじ部屋で寝起きをしたことがない。普段、つぐみは離れの一室を寝室にしていたし、葉は母屋にある前の家主が使っていた部屋を借りて暮らしているためだ。

葉はとなりに誰がいても眠れるタイプだけど、つぐみは大丈夫だろうか。

というか、車内でクーラーのスイッチを切るだけで飛びのきかけていた状態はまだ続いているのだろうか。もしつぐみの快適な睡眠を阻害するようなら、葉は部屋の外で寝るべきかと思うけど、それも夫婦関係の不和を疑われそうでよくないかもしれない。つぐみの立場がわるくなる行動は控えるべきだ。ただ、鹿名田家の面々を見るに、もはやそれ以前の問題のようにも感じる。

うーん、と湯船に浸かって悶々《もんもん》と考えているうちにのぼせそうになり、葉は風呂《ふろ》から上がった。ちなみに鹿名田家は、離れにお客さま用の風呂場が別に設置されている。

いた。

広々としたバスタブでは足がぜんぶ伸ばせるので、葉は感動した。

Tシャツとズボンに着替え、二階の部屋に戻る。つぐみは葉より先に風呂を済ませていた。

「つぐみさん、ただいまー」

四分の一ほど開けたままにしてあった襖《ふすま》を引くと、つぐみは葉が出ていったときとおなじ、両膝《りょうひざ》を抱えるような恰好《かっこう》で窓辺に座っていた。乾かすのを怠った髪が、肩にかけたタオルのうえで水滴を作っている。つぐみはワンテンポ遅れてのろのろと顔を上げ、

「あ、おかえり」とつぶやいた。

「うん、ただいま。つぐみさん、また髪乾かしてないでしょー」

荷物からドライヤーを取り出すと、つぐみの背に回って濡れた髪に温風をあてる。

また悲鳴を上げられたらどうしようと、おそるおそるやったのだけど、つぐみは予想に反してされるがままになっている。眠いのだろうか。横からすこし顔をのぞいて、葉は息をつきたくなった。またあの人形のような無表情だ。この家にいると、つぐみの心はしょっちゅう、どこか遠い場所にいってしまう。

「つぐちゃん」

ドライヤーを止めると、つぐみに声をかける。

「おーい、つぐちゃん？」

「あ、ごめん」

目のまえで手を振ると、やっと我に返り、「何話してたっけ」とつぐみは訊《き》いてきた。何も話していない。返答に窮して、「眠い？　もう電気消そうか？」と尋ねる。

充電中のスマホに表示された時間は、九時をすこし過ぎたくらいだ。早寝の葉にもまだ早い時間だったけれど、眠れないことはないだろう。それになんだか今のつぐみは疲れきっているかんじがする。

「……うん。そうして」

つぐみがうなずいたので、ドライヤーの片づけをすると、照明具の紐《ひも》を引っ張った。部屋が暗くなり、オレンジの常夜灯だけが残る。

（あ、部屋の外で寝たほうがいいか、つぐみさんに訊くのを忘れた）

並んだ二組の布団のうち、ひとつにつぐみがもぐりこんだあと思い出す。つぐみのようすが気にかかって、それどころではなかったのだ。

残ったほうの布団に横になり、葉は今日起きたことをひとつずつ瞼《まぶた》の裏に思い浮かべた。とくに鹿名田家に来てからは、もやもやしたりむかむかしたりすることばかりだ。

そうか、と今さらながら葉はきづいた。

だから、この子は自分を守るためにこの家を出たのだ。

「……久瀬くん」

暗闇から消え入りそうな声が聞こえたので、葉は目を上げた。

こちらに背を向けて寝ているせいで、つぐみの表情は見えない。

「その、ごめんね……」

　何に対して謝られたのかわからず、葉は瞬きをする。

「今日いやな思いをしたでしょう。わたしがもっと……」

　つっかえながら言葉にしたつぐみは、しばらく沈黙したあと、細く息をついた。

「帰ったら、ボーナスつけとくね」

　たとえつぐみに何を言われても、葉はそんなことないよって言うつもりだったのに、つぐみが思いもよらないことを口にしたので、言葉に詰まってしまった。

　この子はこういうとき、葉が何かを口にするまえにぜんぶお金で解決しようとしてしまう。べつに夫婦の愛情じゃなくても、雇い主に対する敬愛の念でもなんでもかまわない。あるかもしれない感情は入る隙もなく追い出され、代わりにお金だけが現実的な重みを持って、葉とつぐみのあいだをつなぎとめる。

　ひとつの曖昧《あいまい》さもグレーもゆるさない、清廉潔白な葉の雇い主。

　いつもはかっこいいと思っているのに、今はすこしじれったい。

「うん……」

　だけど、要らないとも言えない。そんなことを言える立場でもない。

　となりの布団をうかがい、葉はつぐみの痩《や》せた背中にそっと手をあてた。つめたい。一瞬身体を強張《こわば》らせたが、つぐみは背に手をあてられたまま動かなかった。じゃあ、嫌じゃない、でよいはずだ。

これはボーナス。ボーナス。自分に対して言い聞かせつつ、冷えた背中をはずみをつけてさする。しばらく続けていると、強張っていた身体からふわりと力が抜けていった。ほっとした。もっとしてあげたい。この子が喜ぶことならなんでも。ボーナス。これはボーナス……。

きづけば、つぐみの背に手を置いたまま、短い眠りに落ちていた。

暗闇から静かな寝息が立っているのが聞こえて、起こさないように手を離す。葉のほうはなんだか眠れなくなってしまった。布団のうえで何度か寝返りを打ってから、あきらめて身を起こす。

「トイレ行こ……」

つぐみが行き来できるよう細い隙間を残したまま、部屋の外に出る。

トイレは確か一階の端にあった。電気を点《つ》け、床板を軋《きし》ませながら階段をくだっていく。つぐみ曰《いわ》く、鹿名田家は明治時代に建てた屋敷を何度か改築して使っているらしく、だいぶ年季が入っている。

離れには、普段本家で生活をしている祖母の鷺子、つぐみの両親、ひばり以外の親族が泊まっているようで、そこかしこの部屋からはまだ微《かす》かな話し声や気配がする。……思ったより部屋とトイレが離れている。つぐみをひとりで残したことが急に心配になってきた。目覚めてとなりに葉がいなかったら、あの子は不安がりそうだし。

「――そっち、物置しかありませんよ？」

「うわっ⁉」

すぐ耳元で今しがた考えていた女の子の声がしたので、葉は跳び上がりそうになった。

「……ひ、ひばりさん？」

声が似ているから一瞬つぐみかと思ったが、妹のひばりのほうだった。

「うろうろしているから、迷われたのかと思って」

「あ、えーと、トイレを探してて」

「角を二度曲がって左ですよ」

苦笑し、ひばりが先導するように歩きだす。昼に着ていた黒無地の着物の代わりに、すとんとした室内着っぽいレモンイエローの水玉のワンピースを着ている。つぐみよりも短い、肩甲骨にかかる程度の髪は下ろしていて、そうすると年相応の女の子らしく見えた。

「ひばりさんはどうしてここに？」

「婚約者に会っていたんです」

「え？　ああ……」

下世話なことを聞いた気がする。聞くな察しろというやつだったかもしれない。

ひばりはこちらに流し目を送り、くすっと微笑んだ。

「嘘です」

「えっ、嘘？」

ひばりの会話のテンポにいまいち乗れず、葉はぽかんとしてしまう。

「あなたと話がしたくて追いかけたの」

「俺と？　……つぐみさんじゃなくて？」

「ねえさまとなんて、話すことはないよ」

「仲良くないの？」

昼に感じたことを尋ねると、ひばりは目を丸くしたあと、声を立ててわらいだした。

後ろで軽く手を組み、視線を遠くに向けながら口をひらく。

「そんなかわいいものじゃないと思うけど、そうね。仲良くはないと思う。昔は仲が良い姉妹だったのよ。ねえさまが誘拐事件に遭って壊れるまでは。でも今はねえさまはわたしを憎んでいるし、わたしもあのひとがきらい。あのひと、偏屈なくせに臆病《おくびょう》で心が弱いから、きっと法事にも来ないと思っていたけど、逃げないで来たね。家と土地の権利書がよほど欲しかったのか」

「つぐみさんは臆病じゃないし、自分が決めたことをがんばれるつよいひとだよ」

「ふうん？　まるでほんものの夫みたいに姉のことを語るのね」

ひばりは目を眇《すが》めて、葉を見つめた。

「ほんものって、ほ、ほんものだけど……」

「取り繕わないでいいよ。あなたが三千万円で姉に買われたことも知ってる」

いきなり核心をつかれて、葉は絶句した。

……しまった。ちょろすぎる。

「な、なんのこと？」

「久瀬さんは嘘が下手だね」

遅れてしらを切ったが、ひばりには効かなかった。

いつの間にかトイレとはまるで別の場所に連れてこられている。

見知らぬ部屋のドアをあけ、「入って」とひばりが言った。

つぐみと似た面立ちの少女の眼差《まなざ》しがひどくつめたいことに葉はきづく。

もしかして、ひばりははじめから、葉に接触するつもりだったのだろうか。

――でも、なんのために？

「今はね、情報もお金で買えるの。専門業者に依頼して、あなたの身元調査をしました。どこで生まれた誰で、何者なのか。十歳で叔父《おじ》夫婦に引き取られたあと、翌年には児童養護施設に預けられていますよね。原因は義理の叔母《おば》の虐待。施設を十八歳で出たのち、勤め先を転々とし、美大の施設管理スタッフに。そこで姉と出会った――ということになっている。でも、あなたのほんとうの旧姓は『久瀬』じゃないですよね？『本郷《ほんごう》』さん」

手元にメモもないのに、すらすらと読み上げる。

ひばりが言っていることは何ひとつまちがっていない。ほんとうにお金でなんでも手に入る世の中なんだなってすこし呆《あき》れてしまう。

「あなたのことはぜんぶ調べている。ぜんぶよ。意味はわかるでしょう?」

ひばりはひらいたままのドアに目を向けた。

「入って。それとも、ねえさまをここに呼んできて命令してもらう?」

「……あの子は巻き込まないで。さっきやっと眠れたんだよ」

息をつき、葉は部屋に足を踏み入れる。

もとは洋室の客間だったものが、今は物置として使われているようで、ほこりをかぶったシャンデリア風の照明の下では、ずらりと並んだ西洋人形のコレクションがガラスケース越しにこちらを見つめている。あまり感じがよい部屋とはいえない。

部屋の中央には椅子とテーブルのセットがあり、葉が椅子のひとつを引くと、ひばりも対面に座った。

「長い話になりそうね。紅茶とお菓子を持ってこさせましょうか?」

「遠慮しときます……」

本気なのか冗談なのか尋ねてきたひばりに、葉は首を振る。

部屋を出てどれくらい時間が経ったのだろう。時計がないからわからないが、もしつぐみが起きたら、異変にきづいてしまうかもしれない。といって、ひばりは話が終わるまで葉を解放してくれるようすはない。

しかたがないと腹をくくった。

「君は俺たちのこと、どこまで知っているの？」

「姉が口座から下ろした三千万円を今はあなたが持っていること、そのとき何らかの取引がされたこと、その前後で姉は縁談を蹴《け》って、あなたと結婚したことかな」

そこまでわかっているなら、もうほとんど答えが出ているに近い。

「あとは……そうね。あなたがお金さえもらえれば、なんでもするひとだということ」

テーブルに置いてあった紙とペンを取り、ひばりは何かを書きつけた。

差し出された紙を見て、葉は眉をひそめる。そこには何桁《けた》かの数字が走り書きされていた。

「姉は三千万円であなたを買ったんでしょう？　それなら、わたしは五千万円を出す。これは今はただの紙切れだけど、あしたになればほんものの小切手を用意するわ」

「それってどういう……」

「姉が持っているものなら、わたしも欲しいの。いけない？」

きれいにネイルがほどこされたひばりの手が葉の手に絡む。つぐみはこんなふうに誘うように触れてきたりはしない。似ているのにちがう、姉妹のギャップにぐらぐらしてくる。

「五千万出したら、わたしのお願いも聞いてくれますよね、久瀬さん？」

声を低くして、ひばりは囁《ささや》いた。

「姉と別れて。今度はわたしの犬になって」

六　奥さんとはじめての恋

――姉と別れて。今度はわたしの犬になって。

離れた場所に突っ立っているつぐみにちらりと視線をやり、立ち上がったひばりが部屋のドアを閉める。ぱたんと音を立て、ふたりのすがたはドアの向こうへ完全に消えた。

そこは子どもの頃、ひばりとつぐみがよく遊んでいた物置部屋だった。

ひばりはいつからきづいていたんだろう。つぐみがいなくなった葉を捜して、一階へ下りてきていたこと。隠れて密談するみたいなふたりにはじめ驚いて、とっさに壁を背にして隠れてしまったこと。途中でふたりが示し合わせて会ったわけではないときづいたけれど、それでもさっきのひばりの言葉は明らかにつぐみに聞かせる挑発だった。

どうしてこんなことをひばりはするんだろう。

葉が気に入った？　それとも、つぐみのことがそれほどに憎い？

鹿名田本家の長女の役目を放棄して家を出て行ったつぐみが……。

閉められたドアのまえに立ち、つぐみは金属製のノブに触れた。

ふたりがしゃべっているらしい気配はあるものの、会話の内容はほとんど聞き取れない。途方に暮れそうになって、何をしているのだ、と我に返る。

真意はともかく、ひばりは葉につぐみとの契約金の三千万円より上の五千万円を出すから、つぐみと別れろと持ちかけているのだ。とても看過できる話ではない。何をぼんやり突っ立って聞いているのだ。取り返せ、ひばりから。ただ奪われるな。選択を他人の手にゆだねるな。おじいさまが死んだとき、そう決めただろう。

……でも、ドアをひらけない。ひらけない。ひらけない。

ノブに触れているだけなのに、ドアをひらくことを考えると心臓が早鐘を打ち、息がうまくできなくなる。視界が狭まり、意識がホワイトアウトしかける。ちがう。ドアを開けなくてもいい。声を出せば。葉を呼べば。ドアを叩《たた》くのでもいい。こんなところで息をひそめていたって誰にもきづいてもらえない。でも、できない、できない。なんで、できない？

——葉がうんって言ってたら。

——五千万円の話に乗り気だったら……。

それなら、さらに金額を上乗せして再交渉すればいいだけのことだ。

あいにく貯金は一度使いきってしまったけれど、向こう数年の仕事を受けまくって、鮫島に前借をして——。大丈夫、画家としてのつぐみは順風満帆で、なんの問題もない。いくらでも稼いでやる。いくらでも……。

——ひらけない。

呆然とドアを見上げ、つぐみはノブから力なく手を下ろした。

ドアに背を向け、とぼとぼと捨て犬みたいに部屋から離れていく。頭で言っていることとやっていることがまるでちがう。涙が滲《にじ》みそうになるのを必死にこらえていると、

「入らなくていいのか？」

階段の腰壁に背を預けた北條律が声をかけてきた。

ひばりの婚約者で、総合商社を経営する北條グループ総帥の次男坊。ひばりとつぐみにとってははとこにあたり、その縁でかつて律はつぐみの許婚《いいなずけ》だった。例の事件のあと、心を閉ざして使いものにならなくなったつぐみに代わって、今はひばりの婚約者になっているけれど。

「君こそ、いいの？　婚約者と若い男をふたりきりにして」

「自分の代わりに俺に中に入れって？　自分にできないことを俺にさせようとするなよ」

「じゃあ、君もわたしにはかまわないで」

なんとか虚勢を張って、律の横をすり抜ける。腕をつかまれた。よろめきかけたのを踏みとどまって、つぐみは律を睨《にら》みつける。

「放して、腕」

「おまえはあの男が何者か知っているのか？」

「『おまえ』？」

力で言うことをきかせる人間も、相手をおまえ呼ばわりする人間もきらいだ。男ならなおさらだ。不快さを隠さないつぐみに、律は肩をすくめた。

「知らないんですか、義姉《ねえ》さん？」

「知ってるよ」

「すべて？」

「すべて。情報はお金でいくらでも買えるんだよ、律くん」

ひばりとおなじ言葉をおなじように言う。律はつぐみより八つ上だが、立場はつぐみが律の「義姉」だ。家を出て行った以上、あってないような立場だが。

律はくっと咽喉《のど》を鳴らしてわらいだした。

「まさか調べたのか、結婚する男を。義姉さんにはストーカー的な才能があるな」

「黙って」

「なんで戻ってきたんだ。こんな家、出て行ってせいせいしていたんだろ」

律の言葉には微《かす》かな棘《とげ》が含まれていた。つぐみが長女としての役割を放棄して家から出たせいで、ひばりと律は苦労している。おまえのせいだぞ、とでも言いたげな口調だ。

「おばあさまが法事に久瀬くんと参列したら、家と土地の権利書を渡すって言うから」

「権利書？　ああ、青志おじいさまから生前にもらった愛人宅か」

「おじいさまからあの家をもらったとき、十七歳だったから、わたし。財産管理は父がすることになって、家と土地の情報が記載された権利書はおばあさまがこの家の金庫に保管したの」

「君はもう成人したんだったたか」

「うん」

それは名実ともにあの家と土地の所有者がつぐみになるということだ。勝手に売り払われる心配はなくなるし、反対に誰に譲るのでも、自分の権限で好きにしていい。つぐみが十八歳で成人したときにこれらの法律行為は可能になっているが、権利書は依然、鹿名田本家で保管されていた。仮に権利書が手元になくても、つぐみの家と土地の権利がなくなることはないけれど、あの父におかしなことをされても困る。

「もういい？　君と話すことはないんだけど」

惰性のようにつかまれたままだった右手を払うと、律はドアに目を向けた。

「……ひばりと話す気はないのか」

「ないよ」

「あの子がきらいか？」

「きらいなのは、ひばちゃんのほうでしょう」

帰省しただけで、こんな嫌がらせをしてくるくらいだ。

呻《うめ》くようにつぶやくと、あとは振り返ることなく階段をのぼった。プライドの高い男なので、追いかけてはこない。寝室に戻ってやっと息を吐き出す。あたりまえだが、葉はまだ帰ってきていなかった。

つめたくなった布団のうえに膝《ひざ》を抱えて座る。

はやく戻ってきてほしい。戻ってきて、ひばりに絡まれてびっくりしたっていつものあっけらかんとした調子でわらってほしい。五千万円なんて、馬鹿げている。ひばりの嫌がらせだし、きっとはったりだ。あんな馬鹿げた話に葉がのるわけが――。

（……はやく戻ってきて）

蒼褪《あおざ》めたままふるえているのに、葉は一向に戻ってこない。

いったいどれくらい時間が経ったのだろう。一時間か二時間か。それとも、実はまだ十分も経っていないのか。時計を見るのもこわくて、抱えた膝に顔をうずめていると、ぎしっと階段が軋《きし》む音がした。

つぐみは肩を跳ね上げる。葉が戻ってきたら、なんと言うつもりなのかまだ考えていなかった。ひばりと何を話していたのか聞き出さないと……ちゃんと……。

外から襖《ふすま》が引かれたとき、けれどなぜかつぐみは葉に背を向けて寝たふりをしてしまった。畳が微かに軋んだあと、葉がとなりの布団にもぐりこむ。背中に視線が向けられた気がした。つぐみはぎゅっと目を閉じたまま動けない。しばらくすると、ちいさな息をつき、葉が寝返りを打つ気配がした。

となりのひとから寝息が立つまでのあいだを、息をひそめてやり過ごす。

ひばりに――葉はなんとこたえたのだろう。

それに対してひばりはなんと言って、今、葉はどんな気持ちでここへ戻ってきたのだろう。どうしようもない不安がせりあがる。

わかっているのだ。葉はつぐみを愛しているわけじゃない。ふつうの夫婦とはちがう。

つぐみに惹《ひ》かれて、恋をして、夫婦になってくれたわけじゃない。

葉はつぐみが支払った三千万円の対価として夫の役割をこなし、疑似的な愛情というサービスを返しているに過ぎない。それをつぐみが望んだ。葉に三千万円を突きつけて、結婚してほしい、愛してほしい、愛するふりでいいから、と迫ったのはつぐみだ。

お金で買った愛情なら、お金で奪い返されることだってある。それでも欲しいなら、さらにお金を積むしかない。世のなかにお金で買えないものはないのだから。……それなのに、どうしてこんなに不安になる？　泣きそうになっているのだ？

さっき、つぐみの背に触れてくれた大きなあたたかい手。

あの手を失うのかもしれないと思うと、胸が張り裂けそうになる。


翌朝は案の定、最悪の目覚めだった。

たぶんほとんど眠れていない。ただ、夜明け近くに短いあいだうとうととしてはいたらしく、目を開けると、もう葉はシャツと黒のスラックスに着替えていて、「おはよう」とつぐみに笑顔を向けた。

「おはよう……？」

「あ、待って待って、つぐちゃん！　ぼんやりしたまま着替えはじめないで⁉　今どくから、外に出るから」

律義に部屋の外に出ていった葉を見送ってから、パジャマ代わりにしていた室内着を脱いで黒のフォーマルなワンピースに着替える。

洗面所で顔を洗ったあと、鏡を見ると、蒼白《あおじろ》い幽鬼のような少女が立っていた。

華やかで、皆の目を惹くひばりとは何もかもがちがう。

葉ははじめてひばりを目にしたとき、思っただろう。どうして自分を買ったのは、こっちの出来がよくてうつくしくて堂々としている妹のほうじゃなかったんだって。がっかりしただろう。祖母と両親、妹、そして親族たちが徐々につぐみを見放していったように。

ひとつ崩れると、どんどんだめで卑屈な自分ばかりが顔を出す。

緩く首を振って、つぐみは化粧ポーチを取り出した。血色のわるさや目の下の隈《くま》は化粧で多少はごまかせるはずだ。

(きのうのこと、ちゃんと久瀬くんに訊《き》かないと)

ファンデーションのコンパクトをひらきながら考える。

(ひばりと何を話したのかって。わたしは久瀬くんの雇い主なんだから)

化粧を終えて部屋に戻ると、葉は鏡のまえでネクタイを苦心して結んでいた。普段使わないから慣れていないのだ。「貸して」と言って、ネクタイを結び直す。ひとのものをしてあげた経験はなかったが、完成形は知っているので、簡単にできる。

「ありがとう」

「うん」

「……あのさ、つぐちゃん。きのうなんだけどさ」

葉が急に話してきたので、つぐみはびくっと大仰に顔を上げた。間近で視線がかち合う。動揺を悟られた気がして、ますます焦った。

「あ……な、なに？」

声が上擦る。つぐみは一度俯《うつむ》いたあと、心を決め、葉に向き直った。

意識して、口元に笑みをのせる。

「うん、なに？」

葉はなぜか痛ましいものを見るような目をした。

「そんな顔しなくていいよ……」

「え？」

意味をはかりかねて訊き返すと、葉ははっとしたようすで手を振った。

「いや……やっぱりいいや。たいしたことじゃないし、家に帰ってからで」

「そ、そう」

「ごめんね、へんなこと言って。ほんとうにたいしたことじゃないから大丈夫」

――五千万出したら、わたしのお願いも聞いてくれますよね、久瀬さん？

あれはたいしたことじゃないのだろうか、葉にとっては。

家に帰ったら、わたしは葉に別れを告げられるのだろうか。

……どんなふうに？

問いただしたかったけれど、聞き出す勇気がもうなかった。

　こんな日に限って気温は三十六度に達する猛暑で、黒の日傘を持っていったものの、暑さはまるでしのげない。

　祖父、青志が眠っているのは、鹿名田本家の墓だ。

　ただ、青志の左の小指の骨は、青志が生前愛して囲った女とともに眠っているのをつぐみは知っている。青志から今つぐみが暮らしているあの家を譲ってもらったときに、すでに鬼籍に入っていた女の墓所を親族で唯一教えてもらったのだ。青志は片目を瞑《つぶ》って、俺が死んだら左の小指はあいつの墓に入れてくれ、とつぐみに言った。青志が死んだのち、つぐみはこっそりそれを成し遂げた。

　律に言ったとおり、土地と家の権利書を手元に置いておきたかったのは嘘ではない。でも、絶対に手にしないといけないものでもない。二度と近寄りたくないと思っていた鹿名田の家にそれでも戻り、法事に参加したのは、墓の下の青志に左の小指のことを報告するためだ。

　悼むのはこの一度だけ。次の法要につぐみが参加することはない。

（おじいさまの左の小指は、約束どおりあのひとのところにいますから）

　どうか安心してくださいね、と手を合わせる。

　金融業を拡大させながらも、外で作った女を愛した祖父は、一族の皆からつめたい目で見られながら死んだ。つぐみはちがった。つぐみにはふしぎと青志の気持ちがわかった。周りの人間にはきっと頭がおかしいと思われる、愛とは呼べないかもしれない衝動が、つぐみの胸にもずっとある。

青志と直截的《ちょくせつ》なことは何も語り合ったことがないけれど、なぜか青志のほうもつぐみには心をゆるして、内側にこもりがちで絵だけに心を打ち明けるようなつぐみをかわいがってくれた。住む家を用意してくれただけでなく、青志のとりはからいで、つぐみは自身の絵に価値を見出《みいだ》してくれる画商の鮫島に出会った。鹿名田家にあのままいたら、つぐみはただ衰弱して朽ち果てていただろう。

そして葉と出会わなければ、たぶんつぐみは……。

「ねえさま」

青志の墓から離れると、ひばりが声をかけてきた。今日も黒髪を後ろで結い、黒紋付の薄物を涼やかに着ている。

幼い頃はよくそっくりな姉妹だと言われた。確かに癖のない黒髪や白い膚《はだ》、すこし吊《つ》り気味の眸《ひとみ》といったパーツは似ているのに、どうしてこんなに印象が異なるのだろう。

「ね、きのう立ち聞きしていたでしょう」

ちいさく肩を揺らしたつぐみに、ひばりは甘くわらった。

「行儀のわるいねえさま」

「ひとのものを横から取るのは行儀がいいの？」

「交渉自体は自由でしょ。ねえさまの絵だって、販売会だっけ？　いちばん高く値をつけたひとが買っていくんじゃないの？」

あいかわらず、滑らかに口がよく回る。

言葉に詰まると、「でも、わたしは行儀がいいから」とひばりは皮肉げに言った。

「ねえさまにもチャンスをあげる。わたしとあなたで話をしましょう。今晩十一時に、子どもの頃、よくふたりで遊んだあの部屋に来て」

それはきのう、葉とひばりが話していた物置部屋のことだ。

「……わかった」

「絶対にひとりで来るのよ？」

「行くよ」

つぐみが顎《あご》を引くと、「じゃあまたあとで」とひばりは紋付の薄物をひるがえした。

近い将来、鹿名田家を律とともに継ぐひばりは、親族たちの接待にいそがしい。

性格が多少歪《ゆが》んでいたとしても、ひばりはつぐみよりよほどまっとうで真面目だ。つぐみが投げ出した家というものにまつわるすべてをひばりは引き継いだ。華やかな表舞台も、そこで得られる称賛も、裏側にある厄介な部分もすべて。

この家でつぐみが疎まれ、ひばりが大切に扱われているのは正しい。尊重は責務を果たしてこそ得られるものだ。つぐみはなんの責務も果たしてこなかった。事件後はかたくなに殻に閉じこもり、誰にも自分の心の内側に踏み込ませようとしなかった。誰もわたしを癒《いや》さなくていい。壊れたなら壊れたままでいたかった。理由は誰にも言っていない。

陽炎《かげろう》がたちのぼるアスファルトの道を日傘を差してひとりで歩く。

じゅわじゅわとけたたましい蝉時雨が降っている。普段、クーラーをかけた部屋にばかりいるせいで、つぐみは暑さに耐性がない。照り返しに焼かれて、視界がぐらぐらしてきた。

「――平気？」

つぐみのようすにきづいたらしい葉が、傾いていた日傘を取った。

こちらの顔をのぞきこんで、「顔真っ赤だよ」と心配そうな声を出す。いつもならほっとするのに、今はなんだかむなしくなった。

葉はつぐみを木陰に座らせると、一度離れて、墓参りを終えて帰ろうとする一族の者たちに何かを言いにいった。戻ってきたときには、自販機で買ったらしいスポーツ飲料を手に持っていて、つぐみに差し出す。

「先に行ってもらったから、落ち着くまで休んでだいじょうぶだよ。軽い熱中症かも」

「……ありがとう」

「んーん」

木陰にあった石はひとりしか座れない大きさだったので、葉は地面にしゃがんだ。

――君ももう行っていいよ。ひばりのところとか。

卑屈な言葉が咽喉《のど》をせりあがってきて、つぐみは唇を引き結んだ。

「久瀬くんはやさしいよね」

「え？」

「『ふり』なのに、いつもとてもうまいから……」

でも、言葉がこぼれてしまう。

じくじくと暴れだしてやまない胸の痛みをまぎらわせるように。

「お金は……お金はすごいよね。なんでも買える。買えないものなんてない」

だいじょうぶ。何もこわがることなんかない。

わたしにはお金がある。お金があるから。

昔のわたしとはちがう。身代金が支払われず、両親に見捨てられたのかもしれないとおびえ、ほんとうは誰からも愛されていなかったのだと泣いていたあの頃とはちがう。

ただ奪われるしかなかった無力な自分ではもうないのだ。

「すごいよね、ほんとう」

だって、欲しいものは買うから。

誰に与えられなくても、自分で買うから。

手に入れるから、何もかも、この手からこぼれ落ちたものはぜんぶ。

ねえ、だからおねがい。

「わたしは手に入れた、手に入れてやったの。……そうだよね？」

いくらでもあげるから、君は離れていかないで。

「つぐみ――」

伸ばされた手につぐみが身を硬くすると、葉は宙で手を止めた。

「つぐちゃん、だいじょうぶ？」

触れる代わりに、すこし乱れた髪をそっと耳にかけられる。

純粋にこちらを心配する言葉に、張りつめていた糸が切れて、泣きたくなってきた。

「……やさしくして」

たくさんの本音を押し込めて、そう言った。

「ふりでいいから。君にあげたお金のぶんの仕事をして」

一瞬、葉はひるんだような、傷ついたような表情をした。

こんなむちゃくちゃなことばかりを言って、もしかしたら、いやだって拒まれるかもしれない。不安になったけれど、「うん……」と葉は視線を落として、つぐみの両手を取った。

恭しく取り上げた両手に額をくっつけられる。蟬の声が途切れることなく響くなか、しばらくのあいだ、葉は何かを祈るみたいにそうしていた。葉の汗が貼りついた肩に木々の影が落ちている。何がしたいのかわからなくて瞬きを繰り返すと、葉はやがて顔を上げた。つぐみの目を見て、安心させるように微笑む。

「もうちょっと休んでから行こうか。横になる？」

「……うん」

「じゃあ、あっちのベンチのとこ行こう？」

葉が差し出してくれた手に、おそるおそる自分の手をのせる。

葉はお姫さまにするみたいに丁寧につぐみの身体を抱え上げてくれた。

こうしているあいだは、葉はまだつぐみの葉だ。葉の首に腕を回して、自分にそう言い聞かせる。それでも、葉が今どんな顔をしているのかを確かめるのはこわくて、つぐみはずっと目を瞑《つぶ》ったまま、葉の首筋に額を押しあてていた。

＊…＊…＊

すこし休んでから鹿名田の屋敷に戻ると、形見分けはすでに終わっていた。近代の日本美術に造詣《ぞうけい》が深かった青志のコレクションはそれぞれ親族の手に渡ったらしいが、つぐみ自身にはあまり興味のないことだ。

夕食を終えたあと、つぐみは鷺子に呼び出された。

葉が心配そうに視線を寄越《よこ》したが、「先に戻っていて」と言いおく。

「あなたが欲しいものはそれでしょう？　つぐみさん」

鷺子の部屋をひとり訪ねると、机のうえにはすでに茶封筒がのっていた。

断りを入れて中の書類を取り出す。つぐみが住む家と土地の登記識別情報が記載された権利書だった。二年ほどまえに交付されたもので、名義人はつぐみになっている。

家を出て行くとき権利書も持っていこうとしたのだが、「財産管理はあなたが成人するまでは清志さんがするから」と鷺子が渡そうとしなかったのだ。先日の鷺子からの電話でそのことについて言及すると、鷺子は権利書を渡す代わりに、つぐみが青志の一周忌に参列することと、その際夫の葉を連れてくることを求めた。

今さらそんなことを求める鷺子の意図がつぐみにはわからない。ただ興味もなかった。法事さえ終われば、彼らとの関係はもうなくなる。

「部屋に戻ります」

書類に不備がないのをひととおり確認すると、つぐみは立ち上がった。

「まったく現金なひとね。権利書以外に興味はないの？」

「おばあさまも、わたしとほかに話したいことはないでしょう？」

「……あなたのそういうところ、青志さんにそっくりよ」

「どういう意味です？」

「興味がないものには冷淡。執着するものには苛烈《かれつ》」

つぐみを一瞥《いちべつ》し、鷺子は息をついた。

齢《よわい》七十を超えるはずだが、背筋がぴんと伸びているので、老いを感じさせない。着物のうえに銀鼠《ぎんねず》の羽織をかけ、昼のあいだは簪《かんざし》を挿してまとめていた髪はほどいて耳の下で結んでいる。このひとはいつ見ても、すこしも崩れたところがない。

「せっかくですもの。寄っていきなさいな」

鷺子は自室に隣接したちいさな茶室を持っていて、ときどき招いた客人に自ら点《た》てた茶をふるまっている。子どもの頃は鷺子自ら師となり、つぐみとひばりもお茶を習ったものだ。

鷺子の教育は子どもにとっては熾烈《しれつ》を極め、何をおいても鹿名田の娘として完璧《かんぺき》であることが求められた。あの頃は鷺子の期待に応《こた》えようと必死だった。誘拐事件のあと、三千万円の身代金を用意しなかったのは鷺子たちの考えだったと知って、そんな自分もどこかに消えてしまったけれど。

「それとも、作法ももう忘れてしまった？」

「……いただきます」

茶室の灯りをつけると、鷺子は炉釜《ろがま》に水を注いだ。茶道具を準備する鷺子を横目に、つぐみは湯が沸くのを待つ。

「あなたを一周忌に呼んだのは、それがあのひとの遺言だったからよ」

「おじいさまの？」

「あなたと、もしいるならあなたの伴侶《はんりょ》を必ず呼ぶこと。あのひとはこの家のなかではあなただけをかわいがっていたから」

――あなただけを。

鷺子の言葉に真綿でくるんだような棘《とげ》を感じた。

「あのひとがあの家に置いていた愛人の顔を、あなた見たことがある？」

「いえ……」

「わたしはあるわ」

意外なことを鷺子は言った。

「一度だけ、青志さんが留守にしていたときに、偶然を装って通りかかったの。ちょうど夏の暑い日で、彼女は外に打ち水をしていたわ。とてもふつうのお嬢さんに見えた。あのひとをどうやって夢中にさせたのか、わからなくなったくらい。……まあ今思えば、ふつうがよかったんでしょうね」

ふふっとわらう祖母の人間くさい横顔にすこし驚く。

つぐみにとって鷺子は一切の隙がないひとだった。青志が病気を理由に現役から退いても、鷺子は依然、鹿名田の家のなかのことを取り仕切り、つぐみやひばりが家格にふさわしい令嬢となるよう厳格に躾《しつ》けた。たとえ若い頃でも、このひとが偶然を装って愛人宅を訪ねるすがたなんて想像がつかない。馬鹿らしい、と鼻でわらう仕草のほうがずっと似合っている。

「あなたも彼の『ふつうさ』に惹《ひ》かれているんでしょう。自分にはないものだから」

つぐみは目を上げた。

「でも、そのうちうまくいかなくなる。自分とはちがうからつらくなる」

「おじいさまは――」

おじいさまはちがったではないですか、という言葉をかろうじてのみこんだ。

さすがに鷺子のまえで言う言葉ではない。それに青志と愛人の女性がほんとうにうまくいっていたのかと訊《き》かれるとよくわからない。結局青志は生涯、鷺子と離婚はしなかったのだから。そして青志への愛などとっくに冷めていたように見えた鷺子は、夫の遺言を律儀に守っている。

「ひばりの件はおばあさまの入れ知恵ですか」

代わりにべつのことを尋ねると、鷺子は肩をすくめた。

「知りませんよ、わたしは。あの子だって、もうわたしの言うことを素直に聞く歳でもないでしょうに」

「おばあさまなら、いくらでもやりようがあるでしょう」

「人聞きのわるい。あなたの結婚、わたしは祝福しているわよ。——鹿名田の家に害がない限りは」

つまり害があれば、いつでも潰《つぶ》すつもりだということだ。

ふっと咽喉《のど》を鳴らした鷺子は姿勢を正して、沸騰した炉釜に目を向けた。


約束の夜十一時。寝室を抜け出したつぐみが一階に向かうと、きのうはひらけなかったあのドアのまえにひばりが立っていた。

「逃げずに来たのね」

薄くわらうと、ひばりはつぐみを中へと通し、ドアを閉めようとする。

「閉めないで」

鋭い声で制止をかける。つぐみが「閉められたドアを開けられないこと」はひばりだって知っているはずだ。けれど、ひばりは微《かす》かに眉《まゆ》を上げただけで、ゆっくり見せつけるようにドアを閉めた。

——がちゃん。

ふつうのひとなら何でもない開閉音が、つぐみには外界との断絶音のように感じられた。

心臓がどっと暴れ馬のように鼓動を打ちはじめる。おちつけ、とつぐみは室内着のワンピースをぎゅっと握りしめた。ドアを閉められただけだ。ここはただの部屋で、中にはつぐみとひばりのふたりしかおらず、この子は姉に対して直接危害を加えられるような子じゃない。落ち着け。

足元にかかった蜘蛛《くも》の巣を払い、つぐみは椅子を引いた。テーブルを挟んで向かいにひばりも腰掛ける。

「五千万円の話、久瀬くんはなんて答えたの？」

まわりくどい言い回しも、腹の探り合いも得意じゃない。どうせひばりにはばれているのだからと開き直って、最初から本題に入った。

「久瀬さんに直接訊いたらいいじゃない」とひばりがわらう。

「まさかそんなことも訊けないの？　旦那《だんな》さんなのに？」

「ひばり」

つぐみは息を吐きだした。葉が三千万円で買った契約夫であることはひばりだってもう知っている。意味のないやりとりだ。

「いったい何が目的なの。あんな馬鹿げた提案」

「三千万円で結婚を迫ったねえさまには言われたくないけどね」

「久瀬くんに手を出さないで」

「何もしてないよ。ねえさま、まさかそんなことを言うためにここに来たの？」

「出さないと言って」

「あのひとのこと、わたしも調べた」

つぐみの言葉を遮るようにひばりが言った。

「……それは聞いたよ」

この部屋の入口で、昨晩滔々《とうとう》と語っていたではないか。……なんであんなこと。

「だから、なんなの？」

「まあ実際、経歴自体はたいしたことはなかったよ。親が死んで、親戚《しんせき》に引き取られて、そのあと施設に入った。犯罪歴もないし、悪いひとたちとのつながりもなさそう。ごくふつうの、ちょっと不幸な生い立ちのひとだよね。……もし彼がねえさまの結婚相手じゃないのなら」

ひばりは深く息をついた。高校三年生とは思えない、大人びた息のつきかただ。この子もつぐみとはちがう意味で、子どもらしい子ども時代を送れていない。

「わかっているでしょう、ねえさま。あれだけはだめ。確かに縁談の件はとうさまが強引だったと思うけど、それでもあれよりはマシだよ。ねえさまは絶縁しても、鹿名田本家の血を引くたったふたりのうちのひとりで、あれと結婚するということは、あれの血をこの家に入れるということなんだよ。知ったら一族の人間たちが何を言い出すか。あなたでもわかるでしょう？」

ひばりは封筒から取り出した書類をテーブルに置いた。

「書いて」

離婚届と書かれた紙は、ご丁寧に双方の記入欄がすでに埋められていた。端正な筆致はひばりによるものだろう。サイン欄だけがまだどちらも空いている。

「久瀬くんはサインしない」

「ねえさまがサインしたらするよ」

突き放すような口調でひばりが言った。

「ねえさまがサインするまで、わたしはこの部屋のドアを開けない」

「子どもじみたことをするのはやめて」

「ちなみに五千万円の話ははったりでもなんでもないよ。わたしはおじいさまから鹿名田の土地の一部を相続してる。すこし売ったら、それくらい簡単に用立てられるから。

──久瀬さんもどうせなら契約額が高いほうがいいって言っていたし」

無邪気さを装い、ひばりが微笑む。

葉ならほんとうにそう思っていたとしても、そんな品のないことは言わない。

これはひばりの罠《わな》だ。つぐみを揺さぶって、サインさせたいだけ。

わたしは馬鹿じゃない。その手にのってたまるか。

「いいよ、五千万でも一億でも。わたしはその上を出して何度でも取り返すから」

低い声でつぐみは言った。

「わたしは絵を描き続けている限り、いくらでもお金が手に入る。先に尽きるのはひばりだよ」

「……そう簡単には尽きないつもりだけどね。でも、理屈は認める。わたしはねえさまとちがって、あるものを売るだけで、お金を生み出すことはできないから」

意外にもあっさりひばりは引いた。

「でも」と軽く腰を浮かせて、つぐみの手を上からつかむ。

「ねえさまの絵、久瀬さんなしで描けるの？」

どくっと心臓が横から殴られたみたいに跳ねて、脈がまたへんな方向にすっ飛んでいった。胸の中央がすうすうして痛い。やめて、おさまって。まだだめ。今はまだ。

「……か、描けるよ」

「嘘。ねえさまは久瀬さんに出会うまで、巧《うま》いだけの花しか描けなかったじゃない。あれは値がついた？　いくら？　ねえさまがひとりで描いた絵に世の中のひとはどれくらいの価値をつけてくれたの？」

　どれほどの価値もついていない。あの、ただ超絶技巧の刺繍《ししゅう》のように描かれた絵たちは、長く一枚も売れずに鮫島画廊の片隅に眠っていた。

　つぐみを画家としてのつぐみたらしめたのは「花と葉シリーズ」だ。葉と出会わなければ、えんえんと誰にも求められない花を生み出すひきこもりの少女がいただけ。つぐみ自身にはなんの価値もないのだ。

「久瀬さんも、ねえさまより五千万円を取るって」

　ひばりは机に転がされていたペンをもう一度つぐみのまえに置いた。

「お金をもらえるならそっちのほうがいいって、ねえさまとは別れるって。だって、べつにいたくてねえさまのそばにいるわけじゃないんだし。あなたみたいなひとのそばに進んでいたがるひとなんて、この世界にいるの？」

　――だいじょうぶ。

　こんなことはいつも言われている。思っている。

　だいじょうぶ、だいじょうぶ。いまさらだ。

　わたしはひとつも傷ついてない。だいじょうぶ……。

「……ドア」

　言い聞かせているのに、口からこぼれたのはまるでちがう言葉だった。

「ドア、あけて」

懇願するような声が出た。

ドアが、ドアが、ドアが。

閉まってる。出られない。ちがうちがうちがうちがう。出たらだめ。こわいことが起きる。こわいことが起きる。ちがう、そうじゃない。そうじゃないのに、何も考えられない。頭がぼうっとして、まっしろになる。やめて、ドアを閉めないで。

「ねえさまがサインするなら、すぐに開けるよ」

つぐみは力なく首を横に振った。

「ねえさまのことはわたしが守るから。あいつは要らない。そうでしょう？」

「おねがいあけて」

泣きだしそうだった。胸を押さえる手は、強く握りすぎて指先が感覚を失くしている。いきぐるしい。思ってしまうと、もうだめだった。息を吸うのと吐くのがうまくできなくなる。ぜ、ぜ、と喘鳴《ぜんめい》が咽喉《のど》を鳴らした。椅子に座っていられなくなって、床にしゃがみこんでしまう。はしたない。怒られる。

「おねがいひばちゃん、あけてよう……っ！」

「ねえさまこそ、早くわたしのほうが必要だって言ってよ！」

つかまれた肩がびくっと跳ね上がり、自分のものじゃないみたいな悲鳴が上がる。

——つぐみちゃん。

ドア。

ドアがある。

スチール製の安っぽいドアだ。汚くて端が錆《さ》びている。アパートのドア。

「たすけて、葉くん……たすけてっ！」

――あけたらだめだよ。

――こわいことが起こるよ。

彼は言った。あのやさしい声で。

――つぐみちゃん。

＊…＊…＊

つぐみが「彼」に出会ったのは、小学一年生の秋のことだ。

「ねえさまー」

習字の帰り道、妹のぶんも入った道具袋を肩にかけて、お迎えの車を待っていると、ひばりがつぐみの袖《そで》を引っ張ってきた。

「あのおじさん、さっきからずっとこっち見てるよ」

「おじさん？」

ひばりが示す方向に目を向けると、つぐみたちがいる公園の入口からは離れた場所にあるベンチで、ジャンパーを着たおじさんが空き缶に煙草の灰を落としていた。

「見てないじゃない」

「えー、ねえさまがきづくまでずっと見てたよ」

ひばりは不満そうに口をへの字に曲げて、つぐみの腕に甘えるように頭を押しつけてくる。幼稚園の年中さんになって前よりは多少甘えも減ったけど、ひばりはずっとふたつ年上のつぐみにべったりだ。

「サカキまだあー？　ひばり、おなかへった」

「もうすぐ来るから。ひばちゃん、がまん上手になったでしょ」

「おなかへったあ！」

つぐみとひばりのお迎えを担当している榊《さかき》という運転手は、仕事のあいまにパチンコに行くのが趣味で、いい玉が出ているると、こんな風にちょっと長く待たされることがある。ややルーズだが、いつもにこにこして温厚な榊がつぐみはすきだったので、パチンコのことは見ないふりをしていた。

ひばりが癇癪《かんしゃく》を起こしそうだったので、つぐみはポシェットからいちごキャンディを取り出した。フィルムを剝《は》がして、ひばりの口に放り込む。むすっとしていたひばりの表情がみるみる緩んだ。

「ひばり、いちごの飴《あめ》好き」

「そう、よかったね」

今日は榊のお迎えがことのほか遅い。

いちごキャンディを食べ終えると、ひばりは暇を持て余して、園内のブランコで遊びはじめた。しかたないので、つぐみは車止めに腰掛けたまま、車道を行き来する車を眺める。公園の入口にあるポプラの樹は黄色く色づいて、つぐみの足元に葉っぱを落としはじめている。

ぶらぶらと足を振りつつ、おうちに帰るのやだなあ、とつぐみは思った。

週末には親族の集まりがある。始終気を張っていなければならないこうした行事がつぐみは苦手だった。身体中を視線という針で刺されている気分になる。前に、おなか痛い、行きたくない、と鷺子に訴えたら、鹿名田の娘が情けない、と叱られた。以来、おなかが痛くても、がんばってがまんをしている。

ふとブランコからひばりの気配が消えていることにきづいて、つぐみはあわてて園内を見回した。

ひばりはベンチのまえにいて、ジャンパーのおじさんと何かをしゃべっていた。

「ひばちゃん」

ひばりの腕を引き、「何してるの」とすこし硬い声を出す。

知らない大人としゃべってはいけません、と祖母にはいつも言われている。

「おじさん、キャラメルくれたー」

ひばりは端が溶けかけて包み紙が透けているキャラメルをうれしそうに差し出してき

た。キャラメルは鹿名田家ではストックされていないお菓子だ。ひばりにはめずらしかったにちがいない。ひとから勝手にお菓子をもらったらだめでしょ、と注意しかけて、目のまえのおじさんの存在にきづく。

「あの……ありがとうございます」

知らない大人としゃべってはいけないけれど、誰に対しても常にきちんとしていなさいとも言われている。とくに挨拶《あいさつ》とお礼は欠かさないこと。どうしたらいいかわからなくて、とりあえずきちんとすることにした。

「どういたしまして。お礼をちゃんと言えてえらいな」

真正面から見たおじさんは、うっすら髭《ひげ》が生えていて、着ているジャンパーもスニーカーもくたびれていたけれど、目だけはきれいに澄んでいた。「食べる?」と訊《き》かれたが、つぐみは首を横に振った。ひばりはキャラメルをもうもぐもぐしている。

「名前なんていうの?」

「……つぐみ」

ひばりをそれとなく自分の背に押しやりつつ答える。

「つぐみちゃん」

やや色素の薄い、澄んだ眸《ひとみ》とぴたっと目が合った。

「おじさん、君たちの運転手さんに頼まれて、代わりにお迎えにきたんだ」

「榊さんに?」

「そう、榊さんに。あっちに車を停めてあるから、ひとりずつ来られる？」

「ひとりずつなの？」

「そうだよ」

おじさんは有無を言わせない口調でうなずいた。

どうしてひとりずつなんだろう。でもこのあいだ、あまりどうしてどうしてって訊くのははしたないとおばあさまに注意された。訊かないほうがいいのだろうか。

「どちらから行く？」

「ねえさま、ひばり、疲れたあー」

会話からのけものにされたひばりがつぐみのカーディガンの裾《すそ》を引っ張る。

いつもだったら、ひばちゃん先に行っていいよ、と譲った。でも今日はなんだか嫌な予感がして、「ひばちゃん、ここでちょっと待っててようね」とひばりをベンチに座らせた。ひばりの気をそらすように残っていたいちごキャンディを握らせる。

習字の道具袋を肩にかけ直して、すでに歩き出しているおじさんのあとを追う。

おじさんの言うとおり、公園の外には白の軽自動車が停めてあった。

「この車？」

「うん」

尻込《しりご》みしていると、おじさんの手がつぐみを抱え上げて車に乗せる。なぜか腕をタオルで縛られて、頭にジャンパーをかぶせられた。痛い、と訴えると、結び目を緩めてくれる。ドアが閉まった。

「ひばちゃんは？」

答えは返らない。運転席のドアが開閉する音がしたあと、車はつぐみだけを乗せて発進した。

車内でつぐみは暴れた。帰りたい、こわい、と泣いた。

おじさんは車のアクセルを踏むだけで、暴れたつぐみが後部座席から転がり落ちてもそのままにしておいた。いやだ。帰りたい。おうちに帰りたい。

ぐすぐす泣いているうちに疲れてすこし眠った。どれくらい走ったのだろう。ぶいに車が停まる気配がして目を開けると、あたりはすっかり暗くなっていた。ジャンパーはいつのまにか頭から外されていたようだ。

「つぐみちゃん、ほら出て」

おじさんはつぐみの腕からタオルをほどくと、車の外に引っ張り出した。

片方の靴がぽとっと脱げる。おじさんはそれを拾い、つぐみの足に履かせ直した。

切れかかった街灯が古びたアパートを照らしている。

（ここ、どこだろう……）

よくわからないまま、おじさんに抱え上げられて急な階段をのぼっていく。端の一室がおじさんの部屋のようだった。錆びたスチール製のドアを開けると、ごちゃっとした狭い部屋が現れた。洗濯物が窓際のカーテンレールにかかっている。男物のシャツと下着、あと子どもの靴下。

「いい？　つぐみちゃん。俺は君に何もしない。それは約束する」

彼はベンチで会ったときとおなじように、つぐみに目の高さを合わせて言った。

「ただし、ここから勝手に出たらだめだからな。君も約束して」

おじさんが言っていることはむちゃくちゃだし一方的だ。なのに、嘘は言っていないという生真面目さがなぜか感じ取れた。しかたなく顎《あご》を引く。

「……はい」

「よし、いい子だ」

おじさんはくたびれた顔で薄くわらった。

背を伸ばし、「葉《よう》ー！」と奥に向けて声をかける。

すこしすると、ひょろりとした痩《や》せっぽちの男の子が「おかえりー」と顔を出した。お人形さんみたいにきれいな顔立ちをしている。つぐみを見てぱちくりと目を瞬かせた男の子に、

「この子、預かったから世話してくれ」

とおじさんが平然と嘘をつく。

「いや、よそんちの子、ほいほい連れて帰らないでよ、おやじ」

「着替え出して、あと風呂《ふろ》に入れてやって。夕飯は？」

「作ったけど、カレー。いつもの肉がないやつ」

「ん」

おじさんが白いビニール袋をおもむろに渡すと、男の子は目を輝かせて「肉！」と言った。男の子の頭を雑にかき回して、おじさんは部屋に入る。ベランダの網戸ががらりと開いて、ほどなく煙草のにおいが微《かす》かに漂ってきた。

玄関には肉を持った男の子とつぐみだけが残される。

「えーと、とりあえず上がって」

男の子は戸惑いつつも、やさしく言った。

痩せっぽちだけど、つぐみより背が高い。小学何年生だろう。

「おやじ、昔からときどきひと拾ってくるんだよなー。えーと」

「つぐみ」

「つぐみちゃん」

つぐみはおじさんに拾われたわけではない。

ゆうかい、という言葉が脳裏によぎる。誘拐。

怪しいひとには絶対についていってはいけませんと、幼稚園から小学校に上がるとき、おばあさまに何度も言われた。学校でも先生に教わった。怪しいひとについていってはいけません。おじさんは怪しい。

これは誘拐だろうか。おじさんは嘘をついてつぐみを車に乗せたけど、「何もしない」

と約束してくれて、連れてこられた先のアパートでは、なぜか自分とちょっとしか年の変わらない男の子が肉が入っていないカレーを作って待っていた。

「あのひと、君のおとうさん？」

「うん。そうだけど」

特売のシールがついた肉のパックをキッチンに置くと、彼はつぐみの足元にかがんで、溜《た》まっていたゴミ袋をどけた。

「はい、どーぞ」

転ばないようにどけてくれたらしい。

瞬きをしたつぐみに、ふにゃりと人懐っこくわらう。

――それがわたしと葉の、ほんとうのはじめての出会いだ。


翌朝、目を覚ましたとき、しまった、と思った。

お尻《しり》のあたりが不穏につめたい。こんなこと、家では絶対にしたことがなかったのに。

布団のうえで蒼白《そうはく》になっていると、

「おーい葉、つぐみちゃんがおねしょしてるぞ」

きづいたおじさんがあっけらかんと葉に言った。

狭いアパートには寝具がひとつしかなく、つぐみと葉とおじさんは敷布団を横にして三人で使った。掛け布団もやはり一枚しかなかったが、つぐみと葉が使い、おじさんはバスタオルをかけて寝た。あんなに緊張していたはずなのに、目を覚ましたとき、すでに葉とおじさんは起きていて、ジャンパーを着て出ていこうとするおじさんに、葉はハンカチで包んだおにぎりを持たせていた。

「葉、布団洗っておけよー」

「はいはい。いってらっしゃい」

手を振る葉の頭をぐしゃぐしゃと撫《な》でて、おじさんは部屋から出ていった。ドアに内側から鍵《かぎ》をかけた葉が、布団のうえで固まったままのつぐみのほうに戻ってくる。

独特のアンモニア臭が漂っている。「あーほんとだ」としゃがみこんだ葉が言うので、つぐみは頬を染めて俯《うつむ》いた。以前、ひばりがおねしょをしたときはおねえさんぶって慰めたものだけど、自分がやるとすごく恥ずかしい。しかも、年上のよく知らない男の子に見られるなんて。

「ごめんなさい……」

「大丈夫だよ、洗えば落ちるし。お尻きもちわるくない？」

「……きもちわるい」

素直に打ち明けると、葉はつぐみの手を引いて風呂場に連れていった。

この部屋の風呂場は、鹿名田家のトイレよりも狭い。つぐみが穿《は》いていたズボンと下着を脱がせると、葉はシャワーでつぐみの下肢を洗った。葉がまったくふつうにやるので、途中で恥ずかしいという気持ちは消え失せた。

「あ」

シャワーヘッドの向きがまちがって、つぐみの顔面に噴射される。

下肢だけでなく全身がずぶぬれになってしまい呆然《ぼうぜん》とすると、「ごめんごめん」と葉がわらいだした。びっくりしたのに、葉のわらい声が軽やかで、つられてつぐみもすこしわらってしまう。

濡《ぬ》れちゃったしもういーや、と葉がシャワーのお湯をつぐみにかける。あたたかくてくすぐったい。やだやだ、とつぐみは逃げて、葉からシャワーを奪い取る。やり返してやろうと思ったのに、シャワーヘッドの重さに手を滑らせ、床に落としてしまった。

水圧でぐるんっとシャワーが生きものみたいに回転する。ふたりで止めようとするのに、暴れるシャワーを捕まえられず、ますますびしょ濡れになった。

「すごい、シャワーつよい」

「つよいねー」

葉が蛇口を締めて、やっとシャワーはおとなしくなった。

急に静かになった風呂場で、ずぶ濡れになったまま突っ立っているのがへんてこで、また、ふふふっとわらってしまう。テンションがおかしい。きのうはすごくこわかったし、もうおうちに帰れないのかもしれないと絶望的な気持ちで寝たのに。

濡れてしまった服を洗濯機に突っ込むと、一枚のバスタオルで身体を拭《ふ》き合った。つぐみには大きく感じられる葉のトレーナーとズボンを貸してもらい、敷布団も洗って外に出す。そのあと、葉が作ってくれたおにぎりと卵焼きと具なしのお味噌汁《みそしる》を食べた。

壁に掛けられた時計は朝の九時過ぎを指している。

今日は平日だ。ランドセルは置いてあったが、葉が学校に行く気配はない。

「葉くん、学校に行かないの？」

「うーん、前は行ってたんだけど、今は行ったり行かなかったり」

学校って行ったり行かなかったりできるものなのか。つぐみは衝撃を受けた。

「前の学校さ、黒スーツのおっきなおじさんたちが校門まで来ちゃって、たいへんだったんだー」

お味噌汁を啜《すす》りつつ、葉が世間話みたいに言った。

「金返さないと殺すぞとか言われて追い回されて」

「……っ、捕まったの？」

「ううん。俺逃げるの得意だから！」

どやっとした顔で葉は胸を張った。

「でも、おやじはすごくびっくりして、もう学校にも行かなくていいって。ここに越してきたのもだから。もう三回くらい引っ越ししてるし」

「たいへんなんだ……」

「べつに大変じゃないけど、もうちょっとお金があったらなーとは思う。具が入った味噌汁をのみたい……」

深刻なのか、お気楽なのかわからないことで嘆息し、葉はちゃぶ台にへにゃりともたれかかった。

――あとになって知ったことだが、葉の父親の本郷奏《そう》はもともと、祖父の代から続くちいさな町工場を経営していたらしい。だが三年前に、先代から積み重なった経営悪化で工場を畳む。そのときに面倒をみていた従業員が彼個人の借金を残して消息を絶った。保証人になっていたのが奏だった。

元従業員がお金を借りていたのは、闇金まがいのたちの悪い金融だったらしい。家のまえや学校で連日取り立ての罵声《ばせい》が飛び交うようになり、本郷父子《おやこ》は逃げるように家を出てアパートで暮らしはじめる。工場の赤字も含め、積み上がった借金の総額は三千万円。

そして、この頃鹿名田家には、つぐみの誘拐と三千万円の身代金を要求する最初の電話が入る。つぐみたちを送迎している運転手は顔を蒼褪《あおざ》めさせて報告した。公衆の喫煙所でときどき一緒になる男に、地元では有名な資産家の子どもたちの送迎をしていると漏らしてしまったと。

何日も、葉のとなりで絵を描いて過ごした。

いつになったら帰れるのだろう。ひばりはあのあとどうしたのだろう。つぐみが突然いなくなって泣いていないだろうか。おばあさまたちはつぐみを心配しているだろうか……。

徐々に不安が膨らんでいく一方、葉のとなりはふしぎなくらい居心地がいい。

鹿名田家にいるとき、つぐみはいつも緊張していた。物心ついたときからそうだったから、考えたこともなかったけど、緊張していたのだと今はわかる。何かをまちがえれば、はしたないと眉《まゆ》をひそめられ、鹿名田の娘らしくしなさいと叱られる。出来がよい自分のふりをするのに必死だった。ほんとうはぜんぜん、出来がよくなんかないのに。

「何描いてんの？」

ちゃぶ台のうえで広告の裏紙に絵を描いていると、葉が手元から顔を上げて訊《き》いた。学校に行く気配がない葉は、昼間はチラシの折り込みとか、宛名《あてな》シール貼りといった内職を父親の代わりにしていた。

「葉くんだよ」

「俺？」

目を瞬かせた男の子に、広告の裏紙に描いた絵を見せる。

「わあ、よくわかんないけどすごい！」

「よくわかんないのに？」

「うん。でも、胸がぎゅってなったよ」

葉の語る言葉は飾りがひとつもついていないぶん、とてもわかりやすい。

絵画教室には、習い事のひとつとして通っていた。著名な先生が教えてくれているらしいけど、先生の言うとおり花やどんぐりを描くのはつまらなくて、つまらないけど出来がよいつぐみでいたいから巧《うま》く描いて、金賞をたくさんもらっていた。つぐみがやることはどれもそうだ。つまらないけど、巧くやりたい。

でも、葉のとなりにいるときはちがっていて、はじめに心が動いて、あとから手がついてくる。絵は心が動いたときに描くものなのだと、はじめて知った。

「つぐみちゃん、ごはんにしよっか」

「……おじさんは？」

「んー、帰ってくるの遅いって言ってた。何食べたい？」

「焼きうどん」

それはここに連れられてきた翌日、葉が作ってくれたものだ。うどんが炒《いた》めてあるのにもびっくりしたし、具はもやしとキャベツと薄いにんじんで、肉は入っていなかったけど、マヨネーズとおかかがたっぷりのっていておいしかった。

「いいよー」と軽く請け合って、葉は冷蔵庫からうどんと野菜を出した。

狭い台所で野菜を洗う葉を、つぐみはとなりで背伸びをして眺める。葉はつぐみが何をしていてもだいたい好きにさせている。包丁を使うときだけ、「手を出しちゃだめだよ」と言われた。

葉はつぐみがおじさんに誘拐された子どもだと知らないらしい。ただ、おじさんが預かってきた子を世話するつもりで接している。ほんとうのことを打ち明けたら、葉はつぐみをたすけてくれるだろうか。ここから逃がしてくれるだろうか。この部屋にはテレビや新聞がないから、外で事件が話題になっているのかもわからない。つぐみが持たされている子ども用の携帯電話は、ここに来るまえに落とすか、おじさんに捨てられたようで、外との連絡手段はなかった。

「……葉くん。あのね」

「うん？」

もじもじしていると、葉は包丁を置いて、つぐみに目を合わせてくれる。

色素がほかのひとよりもやや薄い、澄んだ眸《ひとみ》を見つめていると、心がぐらぐら揺れた。出がけにおじさんにおにぎりを持たせる葉の横顔がよぎる。おじさんの大きな手にぐしゃぐしゃと髪をかき回されるとき、葉はすごく子どもっぽくわらう。

この家に母親や祖父母はいないらしい。葉はほんとうにおじさんとふたりだけの世界で生きているのだ。もしつぐみを逃がしたら、葉はどうなってしまうんだろう。おじさんが捕まったら、葉はどうやって生きていくんだろう……。

考えていると、つぐみは大海にひとり投げ出された気分になる。

「な、なんでもない……」

「そう？」

葉はふしぎそうに瞬きをしたあと、俯《うつむ》いたつぐみの頭を軽く撫《な》でた。

夜、ひとがしゃべる声で目を覚ました。

薄く目を開けると、くっついて眠っていたはずの葉はいなくなっていて、ほんのすこし開いたベランダの網戸から微《かす》かな煙草のにおいが香ってきた。

ベランダの手すりに腕をのせ、おじさんと葉が並んでしゃべっている。おじさんの手元では、煙草に橙《だいだい》色の火が灯《とも》っていた。いつの間にか帰ってきていたのだ。

「おやじ、つぐみちゃん学校に行かなくてだいじょうぶ？」

煙草を吸っているおじさんに葉が尋ねる。

紫煙を吐き出して、「金が支払われるまでな」とおじさんがぽつっと言った。

「あいつら無視を決め込んでいるから」

「あいつら？　お金って？」

「おまえは知らなくていいよ」

「……お金ないならさあ、俺、お年玉貯めたのあるから、それ使う？」

「いくらだよ」

「五百円。俺の全財産！」

葉が自慢げに言うと、おじさんはわらいだした。

「おまえ、ばかだなー」

「そんなことないよ」

「うちはかあちゃんだけだったな、頭よかったの。あと、ひとを見る目があった。俺はだめだめだわ」

「そんなことないよ……」

「おー、慰めてんの？」

葉は不安そうだったが、おじさんはからかうような口調だ。

「おやじより俺のほうがしっかりしてるもん」

「うんうん、そうだな。おまえはすごくしっかりしてる」

「黒スーツがまた来たって、ちゃんと逃げるし、だいじょうぶだよ」

「そうだな。おまえは俺よりかあちゃん似だから……つよいよな。まあ、ちょっとばかだけど」

煙草の先を手すりに押しつけると、おじさんは葉の頭をぐしゃぐしゃと撫でた。

長身をかがめ、葉と視線を合わせる。

「葉。かあちゃんが作ったあの薔薇《ばら》棚、また見たいだろ」

「うん」

「また、もとの家で暮らせるようになりたいだろ」

「……うん」

「じゃああの子、外に出したらだめだからな」

ちいさく息をのむ気配がして、葉が俯いた。

「でも……」

「だいじょうぶ。ぜんぶ終わったら、あの子もちゃんと家に帰すから」

うん、と言ったのか、葉の声はちいさすぎてつぐみには聞こえなかった。

おじさんは夕飯を食べるためだけに帰宅したらしく、葉が作った焼きうどんをかきこむと、またすぐアパートから出ていってしまった。片づけを終えた葉が、つぐみがくるまった布団にもぐりこんでくる。背中に男の子の息遣いを感じながら、つぐみは蒼白《そうはく》になっていた。

――金が支払われるまでな。

――あいつら無視を決め込んでいるから。

おじさんが漏らした「あいつら」が鹿名田の両親や祖母であることをつぐみは察した。おじさんは鹿名田の家につぐみの身代金を要求し、両親たちはそれに応《こた》えなかったのだ。どくどくと心臓が早鐘を打つ。

ことあるごとに「鹿名田の娘らしくしなさい」と眉をひそめる祖母、持病が悪化して入院中の祖父、つぐみのことには関心がない父、父や祖母の顔色をいつもうかがってばかりいる母。家族の顔が次々つぐみの脳裏に現れた。

仲が良い家族では決してない。でも、つぐみは彼らに愛されていると思っていた。当たりまえのように、ほかの子が皆そうであるように、娘として、孫として、無条件に愛されて大事にされているのだと。

でも、ちがったのかもしれない。

自分は見殺しにされるのかもしれない。だって、つぐみがいなくなったって、彼らにはひばりがいる。出来損ないのくせに必死に取り繕っているつぐみとはちがう、明るく天真爛漫《てんしんらんまん》な妹が。

身体を丸めて、長いあいだひとりでふるえていた。

夜はなんて長いんだろう。窓から見えるビルに架かった月はすこしずつしか動かず、葉の寝息はすぅすぅとずっと途切れない。

つぐみは布団から抜け出した。眠る葉をまたいで、足音を立てないように玄関のドアに向かう。

スチール製の端が錆《さ》びたドアだ。触れると、ひんやりと氷のようにつめたい。押し出し式のロックを静かに解錠する。ノブを握り、押しひらこうとする。

「つぐみちゃん」

背中から声がかかったので、つぐみはびくっと肩を跳ね上げた。

ノブを握っていた手を背後から伸びた手に押さえられる。葉だった。

「……あけたらだめだよ」

葉の手は寝起きで熱いくらいなのに、寒がるようにふるえていた。

「こ、こわいことが起きるよ」

手を押さえられたまま、つぐみは葉を振り返る。

葉はなんだか泣いてしまいそうに見えた。この男の子はきっと誰かに暴力をふるうことにも、脅すことにも慣れていなくて、すごく一生懸命考えて言ったのが「こわいことが起きる」という脅し文句だった。

背後から月光が射し込む薄闇のなか、しばらく見つめ合っていたが、やがて葉は耐えきれなくなったようすで手を下ろした。

ドアは開いていた。わたしはどこへだって行ける。逃げられる。家に帰ることができる。それなのに、つぐみは急に自分がどこへ行こうとしていたのか、何をしたいと思っていたのか、わからなくなってしまった。

ノブから手を離して、葉をぎゅっと抱きしめる。葉は驚いたふうに身体を強張《こわば》らせたあと、ごめんなさい、とつぶやいた。首を振って、ますます腕の力をこめた。

どこへ行きたいのか、何がしたいのか、わからない。帰るのがこわい。おばあさまも、家族の誰も、もう信じられない。だけど、ここにいるのもこわい。どうしたらいいんだろう。わたしはどこへ行ったらいいのだろう。なにもわからなくて、ただ。ただ――わたしはこの男の子を抱きしめたい。

ベランダの外から見えるポプラの樹が燃えるように色づき、やがて散っていった。

ここに来てから三週間が過ぎた。隣室からは時折クリスマスソングが途切れがちに流れてくる。おじさんが以前にも増して留守がちになったことを除いては、この狭い部屋にはあまり変化がない。

「つぐみちゃんの誕生日、クリスマスイブなんだ？」

一緒にきぬさやの筋取りをしながら、そんなことを話すと、葉は驚いた顔をした。

「じゃあ、お祝いしなきゃじゃん！」

「……そうなの？」

「うん。誕生日はねー、おやじが一個だけ駅前のケーキ屋さんのケーキを買ってくんの。クリスマスはコンビニのチキン。食べたことある？」

「ううん」

クリスマスは毎年専属の料理人がとくべつに七面鳥を焼いてくれる。それにパイ生地で包んだシチューと、おばあさまが気に入っている長い英字のお店のブッシュドノエル。とはいえ、鹿名田家では毎年、新年のほうがずっと豪華だ。本家には分家を含めた親族が集まるし、広間の長テーブルに豪勢なお重が並べられる。でも、葉が言うコンビニのチキンのほうがおいしそうだ。

葉と食べるチキンのことを想像していると、背筋に悪寒が走って、くしゅ、とくしゃみをした。

「へいき？　風邪？」

葉の手のひらがつぐみの額にあてられる。

葉は幼い頃から病気知らずで、この家には体温計や常備薬のたぐいがないらしい。おかあさんがいた頃にはあったらしいけど、死んだときにおじさんが皆捨ててしまったそうだ。そういえば、つぐみは冬になると結構な頻度で体調を崩すことを思い出した。

「んん、ちょっと熱い……？」

「だいじょうぶだよ」

「……そう？」

心配そうな顔をする葉に、うん、とうなずき、きぬさやの筋取りに集中する。このきぬさやは今日の夕飯の肉じゃがに使われるらしい。

一度、この部屋から逃げ出そうとするのをやめてから、つぐみは完全に外のことを考えるのをやめた。祖母と両親が自分を見殺しにしようとしているかもしれないとか、お金を得られなかったおじさんがつぐみを殺そうとするかもしれないとか。ぜんぶ考えるのをやめると、今にもあふれだしそうだった不安はしぼんで、不自然なくらい心は落ち着いた。

代わりにつぐみは葉にべったりになった。夜はずっとくっついて眠っていたし、葉がごはんを作っているときも、掃除をしているときも、トレーナーの端を握っていた。鍵《かぎ》が開いていても、もうつぐみはどこにも行かない。この家には葉がいるから。

たった三週間でしっかりと覆っていたはずの鹿名田つぐみのめっきはぼろぼろと剝《は》がれ落ち、ただ甘えたがっているだけの六歳の子どもが残った。異常な環境と葉という男の子がつぐみをそういうふうにしてしまった。

夜になると、悪寒が止まらなくなった。

背筋がぞくぞくして、寒くてたまらない。なのに、身体の内側は熱を持ち、頭が割れるように痛む。

「つぐみちゃん、へいき？」

背中を丸めてうなされているつぐみにきづいた葉が、電気を点《つ》けてつぐみの額に手をあてる。「あつい」とつぶやいて、葉は冷凍庫から保冷剤をタオルに包んで持ってきた。頭の下と、脇の下に入れられる。すこし楽になったけれど、保冷剤はすぐにぬるくなって、背中のぞくぞくがひどくなる。さむい、さむい、とうわごとを言うつぐみを葉は途方に暮れたようすでさする。

おじさんは今日も出かけていた。最近は朝まで帰らないことも多い。

寒くて、氷の海に沈められたみたいに寒くて、これは何かの罰かと思った。なんの罰だろう。ドアを――ドアを開けなかったから？　何も考えないふりをして、すべてのことから目をそむけて、いつまでも鹿名田の家に帰らずにいる。つぐみはわるい子だ。おばあさまが知ったら叱られる。だから、罰が当たってしまったの？

「……ごめんなさい、おばあさま……ごめんなさい……ごめんなさい……」

うなされながらぐすぐす泣いていると、つぐみの背をさすってくれていた葉の手がふいに止まった。惰性のようにうろうろと背中をさまよってから、「つぐみちゃん」と声をかける。

「がんばってすこしだけ起きられる？　お医者さんに行こう」

「おいしゃさん……？」

ぼんやりと見返すと、葉はつぐみの額に汗で貼りついた前髪を指でのけた。

「おいしゃさん、でも、夜はやってないよ……」

「だいじょうぶだよ。俺のかあさん、夜に連れて行ったことあるから。買いもの行くとき見たから、ここから病院までの道も知ってるし」

そう言うと、葉は外着に着替えて、つぐみにはパジャマのうえから自分のコートを着せた。それから「あ、病院のおかね」と思い出したようすで、抽斗《ひきだし》からドロップ缶を取り出してポケットに入れる。じゃらじゃらと小銭がぶつかり合うような音がしている。たぶん、中に入っているのは葉がおじさんに言っていた全財産の五百円だ。

「つぐみちゃん」

葉がつぐみのまえに背を向けてかがんだので、のろのろとそのうえに乗って首に腕を回す。お日さまと洗剤を一緒くたにしたような、嗅《か》ぎ慣れた葉のにおいがした。つぐみを背負った葉が部屋のドアノブをつかもうとしたので、「でも……」とつぐみは力なく首を振った。

「ドア開けたらだめだし……」

「だいじょうぶだよー」

葉はやさしい声で言った。

「ドアは俺が開けるんだもん。つぐみちゃんじゃないから、誰も怒らないよ」

きぃ、と微《かす》かな軋《きし》みを立ててドアがひらく。

頬に吹きつけた風のつめたさにつぐみは瞼《まぶた》を震わせた。葉はドアに鍵をかけると、つぐみを背負ったまま、ちょっとだけ危なっかしげに鉄骨の急な階段をくだった。

暗い空からは雪が舞っている。今年はじめての雪なのかはわからない。

白い雪片が降りしきる人気のない夜道を葉は身軽に走っていく。規則的な揺れに身をゆだねているうちに、とろとろと眠気が押し寄せた。あたたかい。お日さまのにおいがする。知らなかった。こんなにひとの背中ってあたたかいんだ。

わたしは葉くんがすき、とつぐみはふいに思った。

この男の子がとても、とてもすき。

いつかこの男の子が困っていたら、わたしは持っているものをなんだってあげるし、なんでもする。ううん、困っていなくても。葉にだったら何をされてもいいし、なんだってしてあげたい。そうすることで、持っているものをぜんぶ失くしてしまっても、ぜんぜん惜しくはないし、むしろ満たされる気がした。

目を開けると、見知らぬ病院の白色の灯りがついた窓口に着いていた。

大人たちに葉が何かを訴えている。相手ははじめは戸惑っているふうだったけれど、つぐみのようすにきづくと、顔色を変えて中に案内してくれた。体温計を脇の下に入れられる。四十度を超えていた。

──女の子が熱を出していて……！　運んできたのも男の子なんですけど！

体温計を持った看護師さんが先生を呼びにいく。大人たちがいったんいなくなると、葉はポケットからドロップ缶を取り出して、つぐみの手に握らせた。ぐったり長椅子に座っているつぐみのコートを丁寧に直してくれる。

「葉くん……？」

「うん？」

「どこいくの……？」

「うーん」

葉は困ったような顔をした。

「おやじのとこ帰る。帰ってきて俺もつぐみちゃんもいなかったら、びっくりしちゃうし」

「でも」

つぐみがいなくなったとわかったら、葉は叱られるんじゃないか。ベランダでおじさんは葉につぐみを外に出さないように言っていた。約束を破って葉はひどい目にあったりしないだろうか。

「わ、わたし、帰るからね」

葉の上着の裾《すそ》をつかんで、必死に言い募った。

「葉くんのおうちに帰るから」

「……うん」

短い沈黙のあと、葉はふにゃりとわらった。

「またいつでもおいで」

汗ばんだ額に葉の唇が触れる。

つぐみは瞬きをした。唇が離れる間際、一瞬だけ間近で見つめ合う。目を細める葉のわらいかたが果敢《はか》なくて、つぐみよりすこしだけ年上だった彼は、その約束の意味のなさをわかっていた気がする。


二日後、病院で目を覚ましたとき、事件はすべて終わっていた。

誘拐された女児（六歳）は病院で無事保護。被疑者とされる本郷奏（三十七歳）は翌朝、もともと住んでいた家のそばに流れる川で水死しているのが発見された。とくに争った形跡はなく、メモ程度だが遺書も発見されたので、事件の発覚を絶望しての自殺と結論づけられる。事件は被疑者死亡のまま、書類送検された。

それらのことをつぐみは病院で祖母同伴のもと、警察から事情聴取を受けたあとに知った。

「……葉くんにあいたい」

ベッドのうえでぽつりとつぶやくと、花瓶の花を取り替えていた鷺子がわずかに眉根《まゆね》を寄せた。

『葉』？」

「葉くんは今どこにいるの？」

広い病室で、葉が置いていったドロップ缶を握って尋ねる。病院の診療費に葉がくれた五百円は、結局使われることなくつぐみの手に残されたままだった。

帰ってきたはずなのに、この場所はひどく寒くて心細い。葉の手を握りたい。あのやさしい声を聴きたい。いつもそうしていたようにくっつきあって眠りたい。葉がいないと、自分がどんなふうにわらっていたのかもよく思い出せなかった。

「『それ』のことは早く忘れなさい」

鷺子の声が一段つめたくなったのにきづいて、つぐみはかぶりを振る。

「でも、葉くんはわたしをここまで連れてきてくれて——」

「つぐみさん」

話を無理やり遮り、鷺子が鋭い一瞥《いちべつ》をつぐみに向けた。反射的にびくっと身をすくめる。

「いいですか、事件のことは忘れなさい。何もかもぜんぶよ。まったく子どもを使って手懐《てなず》けるなんて浅ましい。——それも、いつまでも持っていないで早く捨てて」

ドロップ缶を取り上げられ、「返して！」とつぐみは悲鳴を上げた。缶に入っていた硬貨がじゃらじゃらと音を立てる。中のものに見当がついたのか、鷺子は忌々《いまいま》しげに頬をゆがめて、ダストボックスを開けた。

「鹿名田の娘がこんなものを持って……」

「やめて！　おばあさま、それ返してっ！」

つかみかかった拍子に、ドロップ缶が鷺子の手から滑り落ち、甲高い音を鳴らして床に転がった。丸いふたが外れて、中に入っていた硬貨がぶちまけられる。転がっていく硬貨を追ってベッドから下り、つぐみは跪《ひざまず》いた。鈍いひかりを放つ硬貨を拾い上げる。

「わたしのなの、これわたしのものなの……」

絶句する祖母に背を向け、ドロップ缶を胸に引き寄せる。

だって、葉はこの缶の中に入っているお金が自分の全財産だと言っていた。

ずっと大切に取っておいたそれを、お肉にも味噌汁《みそしる》の具にも使わなかったそれを、ぜんぶつぐみにくれたのだ。家族でも友だちでもなんでもない、ただ奏から面倒をみるように言われただけのつぐみに。

どうして捨てることなんかできるだろう。

この世界でつぐみに手を差し伸べてくれたのは葉だけだった。五百円をくれたのは葉だけだった。

「わたしのだいじなお金、とりあげないでぇ……っ！」

「いい加減にして！」

耐えかねたように鷺子が声を荒らげる。

「あなた、前はそんなはしたないことを言わなかったでしょう？　元に戻って」

「やだあ！　やだあっ！」

肩をつかもうとする祖母の手から逃げ、病室のドアに手を伸ばす。

葉はどこに行ってしまったのだろう。どこに行ったら、葉に会えるのだろう。

ほんのすこしまえまで、おはようもおやすみもずっと一緒だったのに、別れるときも、いつでもおいでってそう言ってくれたのに、まるで幻のように葉はどこにもいない。

（あのドアをあけたせいで）

ドアをあけたら、こわいことが起きる。

ほんとうにそうだ。こわいことが起きる。

（わたしなんかをたすけたせいで……おじさんは死んでしまった。葉くんもいなくなってしまった）

白いドアに取りすがったまま、つぐみはずるずるとその場に座りこんだ。

はずみに拾い集めた硬貨がまた床に落ちた。もう拾う力もなく、守るように腕でかき寄せてうずくまる。息が苦しい。いつもはちゃんとできている呼吸がうまくできない。空気を求めて口をぱくぱくと動かし、でも元どおりにできなくて、涙があふれてくる。

このまま死んでしまうかもしれないと本気で思った。

でもそれなら――葉に出会うまえの自分に戻らなくちゃいけないのなら、わたしはこのまま消えてしまいたい。葉がくれた宝石みたいなお金だけ残して、あとはわたしだったものの何もかも、ぜんぶ砕け散ってしまっていい。

＊…＊…＊

十一年後、葉と再会したのはまったくの偶然だった。

つぐみが師事する花菱先生が見せてくれた、美大生たちの無数のラフスケッチ。退屈さすら感じながらめくっていた一枚に、彼はいた。

「植物が好きなのはいいんだよ。ただ、僕は君の絵がひとつのモチーフに固まってしまうことをもったいなく感じていて——」

「先生、このひと誰？」

つぐみが手にしたのは、二十歳前後の青年を描いたヌードデッサンだった。均整が取れた身体にのびやかな手足。果敢なさすら感じさせる、うつくしい顔立ち。記憶のなかの葉と重なる部分もちがう部分もあったけれど、ひと目見て、絶対に葉だとわかった。つぐみが葉を見間違えるわけがない。六歳で別れてから、十七歳になる今まで一日だって忘れずに葉のことを考えてきたのだから。

「ん？　つぐみちゃん、葉くんに興味があるの？」

驚いたふうに尋ねた花菱に、「このひと、今どこにいるんですか？」とかぶせ気味に訊《き》く。

以前よりはだいぶマシになったけれど、感情の起伏がほとんどなく、植物以外に関心を示さないつぐみが、これだけ矢継ぎ早に何かを訊くことはめずらしい。花菱はつぐみのようすに気圧《けお》されながらも、葉が一年前から働いている美大の施設管理スタッフであることと、仕事のあいまに学生たちのヌードデッサンのモデルをしていることを教えてくれた。

「どこかで会ったことがあるひとだった？」

「会ったことはありません」

「え？」

「このひとのことは何も知りません。……ただ、顔がすごく好みだったから」

説明するのがややこしかったので、嘘を言った。いや、嘘ではない。葉の顔は好みだ。

つぐみらしからぬ物言いに花菱はたじろぎつつも、画家特有の感性のようなものなのだろうと勝手に納得して、葉をデッサンモデルとしてつぐみの家に招けるよう取り次ぐことを約束してくれた。当時、つぐみは祖父から譲られた木造平屋で、身の回りの世話をする人間ひとりを雇って暮らしはじめたばかりだった。

葉に取り次ぐときに渡してもらう、画家としての「ツグミ」の名刺の裏に、鹿名田つぐみの名前と連絡先を書き入れた。こんなことは普段、初対面の相手には絶対にしない。でも、つぐみに会うか会わないかの選択は葉にゆだねるべきだと思った。葉がいやだと思うなら、絶対に関わらない。金輪際ちかづくのはやめよう。

数日後、花菱から葉がつぐみの依頼を承諾した旨の連絡をもらった。

そのとき、デッサン料の相場を聞いた。一回につき三万円。安すぎる。つぶやくと、

「いやそんなもんだよ？」と呆《あき》れたふうに言われた。花菱は用事があって付き添えないそうなので、約束の日、つぐみは玄関の上《あ》がり框《がまち》にひとり座って、葉を待った。普段は家にいるお手伝いさんはあらかじめ帰しておいた。

やがてガラス戸に人影が射し、インターホンが押される。

「こんにちはー、久瀬です」

葉は事件後、父親の本郷姓ではなく、母方の久瀬姓を名乗っているらしい。今日の日を迎えるまえにひとを雇って葉のことは調べていた。美大の施設管理スタッフとして雇われるまでの彼の半生を、できるだけ詳細に。

よそのひとから見たら、つぐみは頭がおかしい女だろう。六歳のとき、たった三週間一緒に暮らしただけの、しかも自分を誘拐した男の息子にずっと執着している。片時も忘れずに想って、見つけたら半生を調べ上げて、お金を払ってまで呼び寄せたのだ。

葉がつぐみをどう思っているのかはわからない。

忘れられているのかもしれないし、あの事件自体が忘れたい記憶になっているのかもしれない。事件で葉はたったひとりの肉親を失った。つぐみを部屋から逃がしたせいで奏が自殺したなら、発端となったつぐみを恨んでいてもおかしくない。でも、それでもかまわない。

上がり框から、つぐみはそろりと立ち上がった。

「鍵《かぎ》開いているから、入って」

つぐみはドアを開けることができない。

とはいえ、事情を知らない人間にはいささかぶしつけに感じるだろう言葉に、「はーい」と素直に返事をして、葉がガラス戸を開けた。

春の陽射しがすらりと伸びた長身を金色にふちどっている。逆光で一瞬見えづらかったけれど、敷居をまたぐと、ヌードデッサンで見たあの顔が、つぐみの前にいた。ひいき目を抜いても、皆の目を惹《ひ》かずにはいられないうつくしい顔立ちの男だ。

葉はつぐみを見返し、ふにゃりと愛想よくわらった。

「はじめまして。花菱先生に紹介された久瀬です」

あまりに自然にかけられた、はじめまして、の言葉に動揺する。

顔を合わせたとたん、殴られても刺されてもおかしくないと思っていたのに。

「は、はじめまして……」

しどろもどろに言って、目を伏せる。

もしかして葉はつぐみがつぐみだときづいていないのだろうか。ありえる。名刺の裏にはちゃんと鹿名田つぐみの名前を書いておいたけど、葉は子どもの頃からちょっと抜けているというか、名刺の裏なんて見忘れたりしそうなところがあった。

「つぐみです」

顔を上げて、はっきり口にした。

ない。

「鹿名田つぐみです」

この名前でわからないわけがない。

さあ、なんと言われるだろう。なんでもいい。君になら何を言われてもいいし、何をされてもいい。ただ、君からのものが欲しい。それが泥でも吐き捨てられた唾《つば》でも、つぐみは胸のなかの宝箱に大事にしまうだろう。

表情を消してじっと見つめていると、「あ、はい、じゃあ鹿名田さん」と葉はうなずいた。

「えーと、上がってもへいき？」

毒気を抜かれるような表情で、彼は苦笑気味に訊いてきた。

——そのあと、葉を家に上げて、ふつうにヌードデッサンをした。謝礼に三万円を払って、何度も何度もそんな関係を続けて、そして一年半後、自身に持ち込まれた縁談がきっかけでつぐみのほうから葉に契約結婚を持ちかけ、今に至る。

……ときどき、葉はほんとうはつぐみを憎んでいて、すごくすごく憎んでいて、だからつぐみから搾れるだけ搾り取ったあと捨て去るためにここにいるんじゃないかと思うことがある。彼は愛しているふりがとてもうまくて、つぐみはときどき、これがお金と引き換えにしてもらっていることだと忘れて、かりそめの幸福に酔った。

何年も自分を覆っていたはずの固い殻が簡単に剝《は》がれ落ちる。忘れていた息のしかたを思い出す。子どもの頃とおなじだった。でも、あの頃とちがうのは、これはただの契約で、契約がなくなったら、葉はいつだってつぐみを愛するふりをやめて、どこかへ行ってしまえるのだ。

「――つぐちゃん、いる!?」

ドアが外れるけたたましい音がして、つぐみは顔を上げた。

外から蹴破《けやぶ》られたのだとわかる。すっとんでいったドアが壁にぶつかり、ひばりが肩を揺らした。

部屋に踏み込んだ葉が中を見回し、床にうずくまっていたつぐみを見つける。ひしゃげた泣き声が咽喉《のど》をふるわせる。生理的な涙で顔がぐしゃぐしゃだった。葉は驚いたふうに目を瞠《みは》ったあと、ひばりの横をすり抜けてつぐみのそばにかがんだ。

「へいき？　息がくるしい？」

背中をさすりつつ訊かれて、ちいさく首を横に振る。

葉が来てくれてうれしいのに、なぜか苦しくなった。苦しい。もうずっと苦しいのだ。中身がないのに、愛しているふりをされるのが。でも、手を離すこともできない。だから、ほんとうはこのまま、かりそめの幸福のなかで息を止めてしまえたらどんなにか楽なのにと思う。三千万円で欲しかったものを手に入れたと思っていたのに、わたしはいつの間にこんなふうになってしまったんだろう。

「……から……」

「うん、なに？」

「もう、いいから……」

一生懸命身をよじって葉から離れようとすると、すこし強引に胸のほうに引き寄せられる。規則正しく打つ葉の心音が聞こえた。あたたかい。ぼんやり心音に耳を傾け、根気強く背中をさすられているうちに徐々にいつもの呼吸のテンポが戻ってきた。

「なんであなたがここにいるのよ……」

つぶやくひばりの声で、葉が顔を上げた。

「か、勝手になんなの。今、わたしがねえさまと——」

「君こそ、この子のまえでドアを閉めるのが暴力だって、なんでわからないんだよ!?」

怒声とともに壁にこぶしを打ちつけられて、ひばりが細く息をのむ。声がびりびりと鼓膜をふるわせる。つぐみは葉がこんな剣幕で誰かに対して怒るのをはじめて見た。

「あ……わたし……」

いつもなら舌鋒《ぜっぽう》鋭く言い返すひばりがみるみる蒼白《そうはく》になる。

それで我に返ったらしい。

「や、すみません。えらそうに……」

すぐにこぶしを外し、葉はごにょごにょと謝った。

「あの、えーと、妻の具合がわるそうなので！　俺たち、もうおいとまします。あとこれ、これももらいます！」

机のうえにひろげてあった離婚届をひっつかんでポケットにねじこみ、葉はつぐみの身体を抱え上げた。何かを言う気力もなくて、ぐったりしたまま葉の首に腕を回す。すこし離れた向かいの壁際に北條律がいた。このようすだと、葉にこの部屋を教えたのは律のようだ。律は何も言わずにつぐみと葉を見送ると、ひばりが残された部屋へひとりまっすぐ向かっていった。

足元がわるい夜道に、ごろごろと葉が引くキャリーケースの音が響いている。つぐみは室内着に葉のロングカーディガンをかけただけの恰好《かっこう》で、となりを歩いていた。キャリーケースとつぐみを引っ張って、葉が鹿名田本家を出て行ったのが三十分ほどまえ。田畑が両側にひろがる畔道《あぜみち》をしばらく無言で歩いていたが、途中で「あっ」と葉が声を上げた。勢いで飛び出したせいで、車を駐車場に置き忘れてしまったのを思い出したようだ。

「取りに帰ろうか……」とおずおずとうかがいを立ててきた葉に、「もういいよ」とつぐみは言った。

今さら鹿名田本家に戻るのも恰好がつかないし、三十分の道のりを引き返すのも面倒くさい。もうすこし歩けば、最寄りの駅に着くはずだ。ただ、もしかしたら終電を逃しているかもしれない。つぐみのスマホは今日も充電切れを起こしているが、もう零時を過ぎている気がした。

「なんで来たの？」

葉を見上げて、ぽつりと尋ねた。

ひばりと話している部屋に葉が乱入してくるのは完全に予想外だった。そもそも、ひばりのまえで自分があんなに取り乱すとも思わなかったけれど……。

「そりゃあ来るよ、あたりまえだよ」

「わたしが君の大切な金づるだから？」

意地のわるい訊《き》きかたをすると、葉は口を閉ざした。

畔道に設けられた街灯はひとつひとつの間隔が空いているせいで、葉の表情がよく見えない。雲間から射し込んだ月光が淡く足元を照らしている。草の陰から虫の声と蛙の鳴き声が聞こえた。

「……いいんだよ。わたしは君のいちばんの金づるでいたいの」

葉が何も言わないので、自分で訊いて、自分で答える言いかたになってしまった。

つぐみは葉にとって都合のいい女でいたい。お金をくれて、衣食住も保障してくれて、でもいつだって離婚届一枚で簡単に捨てられる。そういう都合のいい女だ。つぐみだって、契約を楯《たて》に、葉にむちゃくちゃな要求ばかりをしている。葉にリターンがあるのは当然だ。

それに十三年前、葉は熱を出した幼いつぐみを病院に運んでたすけようとしてくれたから。

葉がくれたあの五百円に見合うものなんてこの世にはないし、きっと何を返しても足りない。

（……ううん、あのときだけじゃない）

べつのひとと結婚させられそうになって逃げて、葉に契約結婚を持ちかけた日も、葉は雨に濡《ぬ》れてふるえるつぐみを部屋のなかに入れて、タオルをかけてくれた。頭がおかしいと思われるようなことをしているのに、問いただすより先に、「だいじょうぶ？」ってつぐみのほうを心配してくれた。そして、拍子抜けするくらいあっさり「いいよ」ってうなずいてくれた。そういう葉のすべてが、あたたかかった。ずっと忘れていた涙があふれて止まらなくなったくらい。

事件のあと、毎日死んだように生きているのに疲れて、息をするのを何度もやめたくなったけど、がんばって、息をするのをやめないで、きっと他人から見たら呆《あき》れるほど意味がなくて価値もない長い時間を、描いて、息をつないで、生きていてよかった。

葉にもう一度会えたから、生きていてよかった。

そう思えたことにびっくりして、それだけでもう、自分が持っている何もかもをこの男の子にあげてしまっていいとさえ思えた。たとえ、お金をあげた翌日に、気が変わった葉が三千万円を持ってどこかへ行ってしまっても、二度とつぐみのもとに戻ってこなくても、かなしいけど、さみしいけど、それでもいいと思えた。

だって、君は二度も、わたしをすくってくれたから。

（そんなふうにずっと思っていられる無欲な自分だったらよかったのに）

日々が積み重なるにつれ手放しがたくなって、つぐみは葉に去られることがまえよりもっとこわい。

「——どうしてひとりでひばりさんのとこ行ったの？」

金づる云々《うんぬん》について何も言わなかった代わりに、葉は別のことを訊いてきた。

「五千万円でひばりが久瀬くんを買うって聞いたから」

昨晩、葉にひばりが取引を持ちかけるのを立ち聞きしていたとは言えず、つぐみは目を伏せる。爪先で蹴《け》った小石があらぬ方向へ飛んでいった。

「久瀬くんにとっていちばん都合がよい金づるには、わたしがなりたかったから。ひばりが五千万円を出すっていうなら、もっと多くわたしが払えば引き留められると思って」

「つぐちゃん、さすがにそこまで稼いでないでしょ」

「たくさん仕事をすればどうにかなるから」

「どうにかって……」

葉はあっけにとられたようすでつぐみを見た。

陽の下では色素が薄く見える眸《ひとみ》は、今は夜の静けさを湛《たた》えてつぐみを映している。澄《す》んでいるのに、深さが見えない夜の湖のようだ。なんてきれいなんだろう。場違いに見《み》惚《と》れてぼうっとしていると、葉は大きく息をついた。ごろごろと回り続けていたキャリーケースの車輪の音が止まる。

「俺はさ、つぐちゃんにとってのヒモ……みたいな存在かと思うけど。君はまず、ヒモ道というものをはきちがえていると思う」

「……ひ、ひもどう？」

いきなり謎の単語が飛び出て、つぐみは眉根《まゆね》を寄せた。

ヒモ道。書道、華道、茶道のように、ヒモとして極める道のことだろうか。

一度も聞いたことがない。世間では一般的なのだろうか。

「ひとかどのヒモは、飼い主をほいほい替えたりしない。むしろ飼い主に捨てられるところまで含めてヒモの一生だから。それがヒモの生誕から終焉《しゅうえん》までで、そういうストイックな営みがヒモ道というものだから。つまり何が言いたいのかというと」

葉はつぐみをまっすぐ見つめた。

「君が捨てるまでは俺はどこにもいかない」

瞬間、強い風がざあっと足元の夏草を揺らした。風の音以外、虫や蛙の声も、街灯がぱちぱち明滅する音も、つぐみの呼吸もぜんぶ止まった。心のいちばん奥にその言葉は矢のように飛び込んできて、身体が芯《しん》からふるえる。

「……ほんとう？」

「ほんとうだよ」

「ほんとうに、ほんとう？」

つぐみは葉のシャツの裾《すそ》を両手で握りしめた。

「ほんとうにほんとうに、ほんとうっ!?」

「うん、ほんとう。ほんとうだよ」

しつこいくらい何度も訊いた言葉に、おなじように返される。

ふいにそれまでこらえていた涙がぽろぽろといくつも頬を伝っていった。きづいた葉の手がつぐみの目元に溜《た》まった涙を拭《ぬぐ》う。右も左もそうされるけど、涙が次々あふれて止まらない。

「ほんとうに……？」

しつこい。もういい加減にしろ。

そう思っているのに、壊れた機械みたいにまた繰り返そうとすると、ひらきかけた唇をふさぐように唇が重なった。肩が跳ね上がる。惰性のようにこぼれた「ほんとう？」は熱を帯びた吐息のなかに吸い込まれて消えた。髪に手が差し入り、二度、三度、言葉をのむこむようについばんだあと、唇が離れる。

つぐみは瞬きをした。何が起こったのか、まだよくわかっていない。

「ええと……」

しまった、という顔をしたあと、葉は横に目をそらした。

「り、履行期限過ぎたけど、やりなおしで……」

履行期限。

そういえば、ここに来るまえ、キスをするしないで若干もめた気がする。もうずいぶんまえのことのように思えたし、葉が覚えていたことにもびっくりした。

「……いきなりでごめんなさい」

「べつにいいけど」

動揺すると、どうしてこうかわいくない言いかたをしてしまうのだろう自分は。

胸がまだどきどきしている。ドアをまえにしたときの息苦しさとはちがう、もっと甘くて、それなのに苦しい、熱病みたいな疼《うず》きだ。

離れてほしくなくて、つぐみは葉の手を引いた。

「もう一度して」

「えっ」

「……いやなの？」

「いやじゃない、はい、いやじゃないです」

うろたえながら言って、葉はえへんと空咳《からせき》をした。

頬に手を添わされたので、おそるおそる目を瞑《つぶ》る。さっきよりも葉の手が大きく感じられる。こわい。でも、あたたかい。昔と変わらない。でも、もっとおっきい。……すき。だいすき。

ひとつ呼吸を置いたのち、それはやさしく、やさしく雨のように降ってきた。

エピローグ

それは桜が舞い散る春の日のことだった。

――つぐみです。

開いたガラス戸から射し込んだ春の陽が、玄関に立つ女の子の輪郭をきらきらとふちどっている。

十一年ぶりに再会した女の子。ひと目見てすぐにわかった。あの頃と変わったところも、変わらないところもあったけれど、目のまえにいるのは、葉がかつて短い時間を過ごした「つぐみちゃん」だ。

――鹿名田つぐみです。

意志が強そうな眸と目が合ったとたん、胸がじんとして、葉はなんだか泣いてしまいそうになった。

(会いたかった)

あふれだした感情の大きさに戸惑って、続く言葉がすぐには出てこない。

(ずっと君に会いたかった)

自分がそんなことを伝えられる立場の人間じゃないことも、わかってはいるけど。

それでも、君が今目のまえにいて、息をしていることが、ふるえるほどうれしい。

＊…＊…＊

「つぐみさーん、調子どう？」

葉はベッドのうえで丸まっている少女に声をかけた。

花鳥の装飾がほどこされた木製のフレームが特徴の、アンティークのシングルベッド。ものが少ないつぐみの部屋では、ベッドだけがいつも存在感を放っている。

取り払った襖《ふすま》の代わりにかけられた珠《たま》のれんから顔をのぞかせると、つぐみはのろのろタオルケットを引き上げた。

「今何時……？」

「朝の八時だよ。身体起こせる？」

額に手をあてると、熱い。昨晩からあまり下がっていないようだ。

体温計で測ると、やっぱり三十八度で、半身を起こしたつぐみは目がとろんとしている。水に変わってしまった氷枕を作り直し、額に貼ってあった冷却シートを新しいものに替える。そのあいだにつぐみは市販の風邪薬と解熱剤を飲んでいた。

「何かちょっと食べる？」と尋ねると、首を横に振ってベッドに横たわる。葉がタオルケットをかけ直しているうちに、すぐに寝息が立った。

鹿名田本家から帰宅して一週間。

ずっと気を張っていた疲れが出たのか、夏風邪なのか、つぐみは体調を崩している。

葉は子どもの頃からほとんど風邪を引いたことがない丈夫そのものの身体なので、一緒に暮らしはじめてから、季節の変わり目になると体調を崩し、大作の制作を終えると熱を出し、そうじゃなくてもちょいちょい風邪を引くつぐみにびっくりした。今ではつぐみの顔を見ると、なんとなく熱があるときはわかる。目の焦点が合わなくなって、「きりっ」がなくなり、「とろん」が増える。

つぐみの部屋を出ると、朝から回していた洗濯機が終了の音を鳴らしたので、物干し竿《ざお》をかけた庭に出た。

今日は一日快晴の予定だ。洗濯物を外に干したあと、庭の草木に水まきをして、それから夕飯用の簡単な仕込み。いつもならそれなりに時間をかけるけど、つぐみは今日もあまり食べたがらないだろう。とりあえず米を洗って炊飯器だけはセットしておく。

朝の家事を終えると、九時を過ぎていた。

——さて、今日こそはあれを回収せねばなるまい。

そう、あれだ。葉の不注意でいまだに鹿名田本家の駐車場に置き去りにされたままになっている、我が家の自動車だ。

『車を取りにでかけてきます。三時過ぎには帰ります。

冷蔵庫におかゆとプリンが入っているから、おなか減ったら食べてね。
おかゆはレンジで二分です。　葉』
つぐみあてのメモを、寝入っている少女のそばでくてっと横たわる黒い柴犬《しばいぬ》の抱き枕の額に貼っておくと、葉は車の鍵《かぎ》を取って夏のうだるような日射しの下に出た。

鹿名田本家までは電車とバスを使うことにした。

平日の昼の電車は、歓談するおばさまがたや大学生がいるくらいで、はじめはのんびりうたた寝をしていたけど、降車駅がちかづくにつれて、だんだん気が重くなってくる。つぐみが敵陣に挑むかのような顔でいたから覚悟していたけど、魑魅魍魎《ちみもうりょう》の巣窟《そうくつ》か、あそこは。こわい。今さらながら車を置いていったのは痛恨のミスという気がしてきた。

(誰にもばれないうちにこそっと入って、こそっと車とともに逃げよう)

考えつつ改札を抜け、駅前のちいさなロータリーに出る。

バスの時刻表を確認していると、後ろから軽くクラクションを鳴らされた。見慣れない高級車に眉《まゆ》をひそめたあと、運転席の男にきづいて、「あ」と葉は声を上げる。周囲から明らかに浮いている高級車をロータリーにつけたのは、北條律だった。

「……なぜこんなところにいるんだ？」

窓を開けて尋ねてきた律に、「その、鹿名田のおうちに車を取りに……」としどろもどろに答える。

「車？　ああ、やたら古い車が置いてあると思ったら君か。不法投棄かと思った」

数十万円で買った中古車だけど、まだ元気に働く現役です。レッカー車に運ばれるまえに救い出せそうでよかった。

「律さんは？」

「俺は婚約者のご機嫌をうかがいに」

そこで律は何かを思いついたふうに口の端を上げた。

「ただ、手土産を忘れたな」

「えっ、そうなんですか」

しっかりした見た目なのに抜けているところもあるんだなーと思っていたら、「うん、だから手土産選びにすこしつきあってくれないか」と流れるように誘われて固まった。

なんだ、今のひっかけみたいな会話。こわい。

「いや、俺は車を取りにきただけで、すぐに帰るので……」

「そう時間は取らせないから。鹿名田家までは送っていくし、車のこともひばりには言わない」

それはちょっと魅力的な申し出だった。

「すこし行った先にひばりが好きなケーキ屋がある。つきあわせるお礼にケーキをご馳《ち》走《そう》するよ」

「もちろんそれなら」

常時おなかを空《す》かせていた頃の名残なのか、葉は「おごり」の言葉に弱い。頭を通らず口から先に答えてしまい、しまった、と思った。といって、もう撤回はできない。

律の車に乗せてもらい、ひばりが好きだというケーキ屋に寄る。

意外にもふつうの女子高生が好きそうな、ファンシーな外観のケーキ屋だった。ひばりはこの店の苺《いちご》がのったチョコレートケーキがお気に入りらしい。喫茶室も併設されており、律は慣れたようすで窓際の席に座ると、コーヒーを頼んだ。

なんでも頼んでいいというので、とりあえず苺のチョコレートケーキを選ぶ。男ふたりがケーキ屋で膝《ひざ》を突き合わせているという謎の状況だが、律が堂々としているので、ケーキ屋のほうが律にあわせて格調高い内装に変わったように見えてくる。

律はいくつかの商社を経営している北條グループの総帥の次男坊だと聞いた。

歳はつぐみより八つ上の二十七歳。といっても、葉の周りの二十七歳よりもどっしり構えた余裕があって、よく言う「育ちがいい」ってこんなかんじなのかな、と能天気な感想を抱く。鹿名田家のひとびとも北條律も、葉の人生にこれまで登場してこなかったタイプの人間ばかりだ。

「先日はすまなかったな。あのあと無事に家には帰れたのか？」

「ええと、はい。終電は逃しましたけど……」

運ばれてきたコーヒーに口をつける律に、視線を落としながらもごもごと答える。

「あの、律さんはつぐみさんたちとつきあいが長いんですか？」

「十年以上の腐れ縁だな。もともとひばりと婚約するまえはつぐみのほうが俺の婚約者だったから」

「ええっ⁉」

ぎょっとして目をみひらくと、「……知らなかったのか？」と怪訝《けげん》そうに訊かれた。

律からすれば、つぐみが話していてしかるべき案件なのだろう。けれど、つぐみから律やひばりに関する事前情報の共有はなかった。

葉の反応が大仰だったせいか、律は若干ばつがわるそうに顔をしかめた。

「婚約といっても、俺が中学生でつぐみが六歳の頃だぞ。数年後には解消されたし」

「そうなんですか……」

律とつぐみ。

あまりにお似合いすぎるふたりに、なんとなくしょんぼりする。

いや、今の律はひばりの婚約者なので、ふたりのあいだにはもう何もないのかもしれないけれど。でも、少なくともスーツに着られているふうだった葉よりは、目のまえの律のほうが数百倍つぐみにはふさわしく見えた。あの事件がなかったら、きっと周囲に祝福されながら結婚していたふたりだっただろう。葉なんて、つぐみの人生の一幕にすら登場しない。

「あの晩、ひばりは君に何を持ちかけたんだ？」

言葉少なにコーヒーを飲んでいると、律が尋ねた。

ええと、と言い淀《よど》み、「ひばりさんに訊いてないんですか?」と返す。

「ひばりは自分の話はあまりしない。素直じゃないし」

「ああー、つぐみさんもそうですね」

「さすがにドアを蹴破《けやぶ》られたときは呆然《ぼうぜん》としていたが」

「えっ、あれは……。ごめんなさい……」

そういえば蹴破ったな、ドア。すっかり記憶から飛んでいた。

あのときは、いつまでも寝室に戻ってこないつぐみに胸がざわついていて、離れをうろついていたところで律に会ったのだった。ひばりとふたりでいるようだと言われた。それなら放っておくべきかと考えた直後、ドアの向こうからつぐみの悲鳴が上がった。

つぐみはめったなことでは声を上げない。尋常じゃなかった。あわててドアのノブを回したけれど開かず、あとは考えるまえにドアを蹴破っていた。

ひばりは落ち着いて見えたけど、考えてみたらまだ十八歳の女の子だ。いきなりドアを蹴破られて、怒声を浴びせられたらおびえて当然だ。あれはよくなかったと思う。つぐみのまえでドアを閉めたのはゆるせていないけど、声を荒らげたり壁にこぶしを打ちつけたりしたのはわるかった。あとこぶし、打ちつけると自分が痛いのでもうやらない……。

おなじ部屋で前の晩、葉はひばりに言われた。

——五千万出したら、わたしのお願いも聞いてくれますよね、久瀬さん?

ひばりが要求したことはひとつ。

——ねえさまと別れて。なんのつもりかわからないけど、ちかづかないで。

あしたには小切手を用意すると言われた紙片には、何桁《けた》かの数字が走り書きされていた。つぐみとの契約額を上回る五千万円。ひばりが言うからには本当に用意する気なのだろう。

——ちかづかないっていうのは……。

——金輪際、姉の視界に入らないで。姉の人生に一切関わらないでほしいの。

ひばりは何もつぐみをいじめたくて、こんなことをしているわけじゃない。金額からしてもひばりは本気だ。本気で姉の身を案じている。でも……。

——い、いやだ。

——嫌？

——俺の雇い主はつぐみさんだから、つぐみさんじゃないひとのお願いは聞けない。

——あなた、それ本気で言ってるの？

ひばりからしたら、葉はつぐみに寄生する煩わしいヒモだ。

三千万円をせびっただけでは飽き足らず、つぐみの生活に今も寄りかかっている。つぐみを脅して、無理やり言うことを聞かせていると思われてもおかしくない。

……実際はどうだろう。あの子は三千万円の対価に葉をどんなふうに扱ってもいい。何を求めてもいい。葉がつぐみにしてあげることはぜんぶ、三千万円の対価としてのサービスだ。

（あの子と俺のあいだには、金銭契約以外の何もない）

そう言えることがとても大事で、重要なのだ。でも、はたから見たらやっぱり、葉はつぐみに寄生する卑しいヒモなのかもしれない。それを決めるのはひばりではなく、つぐみだけども。

「――ひばりさんは、つぐみさんのこと、ほんとうはだいすきですよね」

やりとりの詳細を伝える気にはなれなかったので、感想だけを言うと、律は意外そうに葉を見た。

「え、なんですか？」

「いや、ひばりの感情はわかりづらいから。よく伝わったなと思って」

「伝わりますよ。だって、あのひと俺のことすごくきらいでしょ……」

それはつぐみへの愛情の裏返しだ。

心配なのだ。大切なのだ。だから、あんなむちゃくちゃなことを姉にするのだ。ひばり自身がどこまで自分の感情に自覚的なのかは、つきあいの浅い葉にはわからなかったけれど。

「ひばりはひばりなりに背負っているものがあるんだよ」

つぶやく律の言葉を聞いたとき、ふと律はひばりと葉のやりとりを聞き出すというより、これを葉に伝えたかったのではないかと思った。つまり、ひばりのフォローがしたかったのではないかと。

べつに葉相手にひばりの印象がよくてもわるくても、なんの影響もない気がするけれど――でも、葉はひばりがだいすきなつぐみの夫だからか。

ひばりのことはきらいではない。律のことも誰も。ただ、葉の優先順位はつぐみが一番でずっと変わらない。それだけだ。とはいえ、ひばりが葉をすごくきらいなのは変わらなそうなので、うまくやれるかどうかは先が思いやられるなあ、というかんじである。親戚《しんせき》づきあいってむずかしい。

とりあえず、ひばりが好きな苺がのったチョコレートケーキはとてもおいしかった。


律がおみやげ用に買ってくれるというので、アイスシュークリームのバニラ味とチョコ味を持ち帰りにした。溶けないようドライアイスを多めにつけてもらう。

そうして帰宅する頃には日が暮れかけていた。

「つぐみさーん、ただいまー」

離れにも聞こえるよう声を張って、引き戸を閉める。

つぐみは出かけたときと変わらず、寝室で眠っていた。額から冷却シートが剝《は》がれかかっていたので、かがんで新しいものに貼りかえる。つぐみはそれで起きたらしく、ぼんやり瞬きをしたあと、「……帰ってきたの？」と尋ねた。柴犬《しばいぬ》の抱き枕に貼っていたメモは見たらしい。

「うん、ただいま」

「おかえりなさい」

「冷蔵庫に入れておいたプリン食べた？」

「んーん」

面倒そうに首を振ったつぐみに、「えぇ……？」と葉は息をつく。

つぐみは放っておくと、食べるのを面倒くさがって餓死しそうだ。

「車を取りに行ってたんだっけ」

「うん。アイスシュークリームもらったよ。起きられそうなら、一緒に食べよう？」

「もらったって誰に？」

「律さん」

「……なにそれ」

つぐみは不快そうに眉根《まゆね》を寄せた。

鹿名田家に行ったときにも感じたけど、つぐみは律がすきではないらしい。なぜだろう。あんなにしゅっとしてぱりっとして、気遣いもできるし、誠実そうで、ケーキとアイスシュークリームまでおごってくれる。旦那《だんな》さんにするなら、ああいうひとなんじゃないのか？

そこまで考えて、律がつぐみの婚約者だったことを思い出した。

「あの、つぐみさんと律さんって昔、許婚《いいなずけ》同士だったたって聞いたんだけど……」

「ああ、うん。そうだけど」

つぐみはどうでもよさそうにうなずいた。

「……昔から今みたいなかんじだったの？」

箱からアイスシュークリームを取り出しながら訊《き》く。つぐみがバニラ味がいいというので、葉はチョコ味をもらった。ベッドに並んで座り、包装を破く。

「どうだろう。出会ったときは、あーこのひとが婚約者なのか、としか思わなかったから」

「え、そんなドライなもの？」

物語だったら、そこから恋がはじまるところではないか。

でも、つぐみと律の恋がはじまってしまうと、ひばりとの三角関係になり、葉も加わるから四角関係に？　契約夫は入ってくるなという話かもしれないけれど……。それに、つぐみは素直じゃないところがあるので、興味がなさそうに言いつつほんとうはちがうのかもしれない。

ひとりでもやもやしてしまい、アイスシュークリームを食べているつぐみをうかがう。

「なに？　久瀬くんもバニラがよかった？」

「いや、そっちじゃなくて……。律さんってさ、しゅっとしてぱりっとしてかっこいいよね？」

「そう？　あいつは腹黒だから、わたしはきらい」

つぐみの一刀両断ぶりがあまりにすがすがしいので、「そ、そうですか……」と葉はそれ以上何も言えずにうなずいた。

「久瀬くんのほうがずっとかっこいいよ」

「ええっ」

あのしゅっとしてぱりっとして車がぴかぴかでアイスシュークリームを二個買ってくれる北條律よりも⁉　つぐみの人物採点は個性的で、ちょっと葉に甘すぎるんじゃないだろうか。あるいは律のことがきらいすぎるのか。

「どのへんが？」

「それは君が――」

「俺が？」

目が合うと、つぐみはなぜか頰を染めてそっぽを向いた。

「……君の顔とかだよ」

「あ、そっち」

そういえば、以前も見た目がすきだと言われた気がする。

まあ毎日顔を合わせるなら、嫌いな顔より好みの顔のほうがいいと思うし、そんなに気に入ってもらえて自分の顔さまさまだ。

「ね……熱あがってきたかも」

「えぇ、シュークリームで？」

「熱い」

つぐみが頬に手をあてているので、「どれどれ」と額に手を置いた。でも、すこしまえまでアイスを食べていたせいで、手がつめたくなっていてよくわからない。

「んん？」と眉根を寄せて、額のほうをこつりとあわせる。冷却シートのふにゃっとした感触があたって、「うーん？」と別のところにあて直したけれど、やっぱりふにゃふにゃしたジェルの範囲内だった。

つぐみがふふっとわらいだす。

「くすぐったいし、よくわかんない」

間近でふるえるわらい声を聞いたとき、ふいにあたたかなものがこみ上げて、こめかみが痺《しび》れそうになった。最近、鎧《よろい》をまとっているつぐみとか、弱っているつぐみばかりを見ていたからかもしれない。鹿名田家でつぐみが見せる笑顔は、きれいに整えられていたけれど、痛々しいものばかりだったので。

もうすこしわらい声を聞いていたくて、すりすりと額を擦った。つぐみはじゃれつかれていると思っていて、「もう体温計でいいよ」と言った。うん、確かに体温とかもうわからない。「はいはい、今持ってきます」と従順に言うことを聞いて、目を閉じてちょっとのあいだだけ祈った。

神さま。おねがいです、神さま。

この子がずっと、ずーっとしあわせでありますように。

わらっていて、くれますように。

つぐみは今日はもうおなかいっぱいだと言うので、ひとりで煮込みラーメンを作って、風呂《ふろ》に入り、風呂掃除も済ませた。まだ八月だけど、庭はすでに秋の様相で、りーん、りーんと草陰から虫の声がしている。蚊取り線香のとなりで干からびていたキュウリの馬にきづき、「そういえば」と葉は冷蔵庫を開けた。

野菜室にはキュウリと一緒に買ったナスがまだ残っていた。

ほんとうならお盆の終わりに出さなければならなかったのだが、鹿名田家訪問とか、そのあとのつぐみの体調不良ですっかり忘れていた。葉ひとりだしどうしよう、と思ったけど、迎えておいて送らないのもよくない気がしたので、割《わ》り箸《ばし》を四本刺したナスを縁側に持っていった。

「おじーさん、つぐみさんとたくさんお話はできましたか？」

ここはつぐみの祖父の青志が愛人を住まわせていた家なので、戻ってくるとしたらやはり青志だろう。ナスのしなびた背を撫《な》ぜて、「また来年も来てね」と送り出す。葉が作るナスの牛はやっぱりバランスがわるくて、しばらくぐらぐらしていたが、横に倒れてしまった。……まずい、青志おじいさん、帰路半ばで落馬したかも。いや牛だから、落牛か。

キュウリの馬もナスの牛もひとつずつで定員オーバーを起こしているだろうから、葉の両親は帰ってこられない。つぐみが暮らすこの家に、とくにおやじのほうを招くわけにはいかない。

――つぐみちゃん。

――あけたらだめだよ。

――こわいことが起きるよ。

あのとき、深くは考えずに口にしてしまった呪いの言葉。

十年以上経った今もつぐみはドアをひらけず、父親と葉の罪は一生消えない。

葉は普段使わせてもらっている部屋の抽斗《ひきだし》の奥にしまっていた煙草とライターを取り出すと、サンダルをつっかけて庭に出た。

着火したライターの炎を煙草の先にちかづける。じわりと先端に橙《だいだい》色の火が灯《とも》るが、煙をへんな場所に吸い込んでしまい、げほげほと噎《む》せた。葉は年に一度しか煙草を吸わないので、いつもはじめは慣れてなくて噎せてしまう。

この銘柄は父親が愛用していたものだ。五年まえに廃番になっている。五年まえに買ったひと箱をずっと大事に使っている。

――おやじ。そっちはどうですか、おやじ。

かあさんが作る薔薇《ばら》棚は見られましたか。まだふたりで作っている最中ですか。

というか、かあさんにぼこられていますか。しばかれていますか。

すごく怒られてそうだけど、たぶん一緒にはいるよね。

俺は――……

俺は今、とっても難しい恋のなかにいます。

俺がすきになったひとは、たぶんほんとうは、すきになってはいけないひとだと思うのです。

――おねがい久瀬くん。お金あげるから、わたしと結婚して。

一年ほどまえ、つぐみに突然持ちかけられたとき、葉はさほど迷わなかった。

葉にはほかに身寄りもなかったし、誰かと結婚したところでなんの不都合もない。これまでも、たびたびひとの家に転がりこむような生活を送っていたから、一時でも帰る家ができることに惹《ひ》かれたというのもある。

でも、何よりも、あのときのつぐみはたすけを求めてふるえていたから。

こちらに向けて、すがるように伸ばされた手を握り返してあげたかった。もうだいじょうぶだと、君は泣かなくていいのだと安心させてあげたかった。かつて、アパートのドアのまえで、罪悪感に押しつぶされて泣きそうになっていた子どもの葉を、あの子がどこにも行かないで抱きしめてくれたみたいに。

――わかった。いいよ。

だから、あの契約にのったのだ。

指に挟んだ煙草からゆらゆらと紫煙がたちのぼっていく。

ヒモは捨てられるまでがヒモの身の処し方なので、いつかつぐみにほんとうにすきなひとができたら、葉はあっさり捨てられてやらないといけない。だいじょうぶだろうか。ヒモとしての一生をちゃんとまっとうできるのだろうか。考えるだけでも胸が痛いのに、実際にそうなったら、おねがいだから捨てないでって、やさしいあの子にすがりついてしまいそうだ。

善きヒモのなり方について、しっかりものの母親のほうに尋ねてみたけれど、母親は記憶のなかのあっけらかんとした笑顔で、息子よ健闘を祈る、とさじを投げた。

＊…＊…＊

「じゃあ、あらためまして、つぐちゃん全快と十一回目契約更新おめでとうー！」

ちゃぶ台には端から端までいっぱいになるくらいの手巻き寿司《ずし》の各種具と酢飯、それにつぐみが好きなかぼちゃのグラタンとミートボール、缶詰のみかんをたっぷり入れた牛乳寒天ものっている。和洋めちゃくちゃだけど、お祝いごとなのでよいのだ。

手巻き寿司の具は前回とおなじく、錦糸卵《きんしたまご》にツナマヨとコーン、ネギトロ、キュウリ、鶏そぼろ、カニカマにたくあんなどを用意した。熱が出ているあいだは食が細かったつぐみも、今は回復してもとどおり食事がとれるようになった。ごはんのうえにツナマヨとコーンとサニーレタスをのせ、海苔《のり》をくるりと巻いているつぐみを、葉は微笑ましく見守る。

「そういえば、この紙なんだけど……」

ごはんが進んだ頃、思い出して葉はポケットからくしゃくしゃになった紙を取り出した。鹿名田家に訪問したときに、ひばりに突きつけられた離婚届だ。あのときはひとまず葉が回収したまま、今日まで言いそびれていた。

「もうなしってことでだいじょうぶ？」

「……うん」

箸《はし》を置いて、つぐみが神妙そうに顎《あご》を引く。離婚届にはひばりの字でつぐみと葉の名前が書いてある。サイン欄はどちらも空白のままだった。

「君もそれでいい？」

「もちろんだよ」

不安そうに尋ねてきたつぐみにしっかりうなずく。

つぐみの承諾を得られたので、持っていた紙をえいっと破く。ちいさな紙片になってゴミ箱に吸い込まれていく離婚届をつぐみはまぶしそうな顔をして見つめた。

「ありがとう……」

「ううん。――あ、つぐちゃん、お茶のむ？」

腰を浮かせ、つぐみの空のコップに麦茶を足す。自分のぶんも注いでいると、つぐみは海苔を取り、酢飯のうえにカニカマとキュウリ、多めの錦糸卵をのせた。

「つぐちゃんはその組み合わせ好きだね」

「久瀬くんの錦糸卵、ふわふわでおいしいから」

「ふふっ、じゃあ次は多めに作ります」

つぐみの口端に米粒がついていることにきづいて、伸ばした指先でちょんと取る。つぐみはすこし照れたような顔をしたあと、目の端を染めてわらい返した。

胸の奥にしまっている恋が甘い音を立てる。ただわらいかけるだけで、筆を使わずとも、葉の世界に千も万もの花が咲くことを彼女は知らないのだ。

鮮やかな花の余韻に目を細めつつ、来月の契約更新日にはまた錦糸卵とカニカマとキュウリをたくさん用意しようと葉は思った。

番外編　ひばりと律

――俺の婚約者は結構すごく面倒くさい。


「ひばりさんは日舞は木之元《きのもと》先生に師事していらっしゃるんですっけ」

「はい、五歳から。不肖の弟子で、お恥ずかしい限りですが……」

「嘘おっしゃい。自慢の生徒だってうかがいましたよ」

周囲から寄せられる賛辞に、少女が控えめに長い睫毛《まつげ》を伏せる。

鹿名田ひばりは、花にたとえるなら芍薬《しゃくやく》のようだ。そこに立つだけで華やかで、ひとの目を引き寄せる。まだ十七歳なのに、ひばりの美しさはすでに完成されていて、艶《つや》やかな黒髪、理知的な輝きが宿る眸《ひとみ》、凛《りん》とした立ちすがた、どれもが職人が仕上げた一級品のように計算し尽くされている。ある意味、人工的美少女。

「北條くんも、ひばりさんのような婚約者がいて鼻が高いでしょう」

歓談する客のひとりに水を向けられ、「ええ、まあ」と北條律は苦笑した。

「ひばりさんはしっかりしているから、僕のほうが尻《しり》に敷かれてますよ」

「歳はええと、君のほうが――」

「十歳上です。まあ、ひばりさんは大人びてるから」

「すでにお似合いのふたりだな」

「はい」

今日は鹿名田家と親交が深い資産家の喜寿祝いのパーティーだった。

ホテルのホールを貸し切って行われ、招待客は百名を超える。

律は鹿名田とは遠縁にあたる北條家の次男坊で、北條グループが経営する商社の系列会社で今は勉強中の身だ。パーティーの主催者とは直接の面識はなかったが、ひばりの婚約者として同伴している。

ひとしきり関係者への挨拶《あいさつ》を済ませると、ひばりは「あしたは学校の定期テストがあるので」というかわいらしい理由を持ち出して、会場を抜け出した。

落ち着いた薔薇色のドレスに同系色のヒール、アップにした髪には真珠を使ったシンプルなバレッタ。姿勢がよいひばりはドレスも和服もどちらも似合う。

軽い談笑を続けながら歩いていたひばりは廊下を曲がったところで、「あなたももういいわよ」と横にいた律に言った。

先ほどまでの芍薬の笑みは消え失せ、勝気そうな十七歳の少女が現れる。

人工的美少女の、誰もが知らない素顔の一端。

「お役目ご苦労さま」

「ひばりさんこそ、定期テストの前日に大変だったな」

「あんなのは嘘よ。早く帰りたかったの」

「だと思った」

ひばりは黒髪につけていたバレッタを外した。

もとはまっすぐな黒髪がはらはらと背にかかる。腕に抱えていたショールをひばりは自分で肩にかけた。

ホテルから外に出ると、春の夜はまだ肌寒い。エントランスに停まっていた迎えの車を見つけ、ひばりはそれに乗り込んだ。

「お疲れ。じゃあ、また」

「ああ、また」

お互い、まるで仕事相手に対する別れの挨拶だ。

さっきかけられた言葉のひとつはある意味で当たっていて、律とひばりは限りなく「お似合いの」ふたりではある。もちろん、それは恋愛的な意味ではない。


律がひばりに出会ったのは、彼女がまだ五歳の頃だ。

はじめ、律はひばりの姉のつぐみの婚約者として、彼女たち姉妹に引き合わされた。

当時の律は中学三年生だった。親たちは「年まわりもちょうどよくて」なんて言っていたけど、律にしてみれば、小学校に上がったばかりの幼児を指して「お似合い」だなんて言われて、いったいなんの悪夢かと思った。

——こんな幼児と自分がするのか、結婚？　世間的には完全にアウトだ。

「はじめまして、かなだつぐみです」

内心ではうんざりしていた律に、六歳のつぐみは礼儀正しく挨拶をした。

長い黒髪にクラシカルな丸襟のワンピース。かわいいというより、よく躾《しつ》けられた子ども、というのがつぐみの第一印象だった。

「あー、はじめまして。北條律です」

「律がねえさまの旦那《だんな》さまになるの？」

横からつぐみをさらにちいさくしたような女の子がぬっと顔を出す。

「ひばちゃん？」とつぐみが驚いたふうに瞬きをした。

「だめでしょ、おばあさまのところでお勉強している約束でしょ」

「だって、ねえさまの旦那さまなら、ひばりのおにいさまになるんだって、おばあさまが言ってた。ひばりがおにいさまにふさわしいか、ちゃんとチェックしないと」

「チェックって……なんてことを言うの！」

好き勝手言うひばりにうろたえ、「ごめんなさい、ごめんなさい」とつぐみは律に謝る。

この姉妹は普段もこんな力関係なのだろうなということが透けて見えた。つぐみのようすは六歳の子どもには似つかわしくないくらい、全方位に気を配って恐縮していて、はた目にも息が詰まりそうだった。対するひばりは、しっかり者の姉にぞんぶんに甘えている。

律も似たようなご身分で、北條グループを継ぐ出来のいい兄が上にいたので、子どもの頃から適度に自由気ままに育った。六つ年上の兄とのあいだに確執はないし、人間としても尊敬している。

自分はたぶん幸運な人間なのだろう。恵まれた環境に生まれ、分を過ぎた責任を負う立場にはなく、律自身なんでも「二番目」で満足できる性格だ。といって、まさか六歳の女児を婚約者にあてがわれるとは思わなかったが。

「ねーねー、律。あんたはすごくしあわせものなのよ」

つぐみの制止をまったく聞かず、ひばりは腰に手をあてて律に自慢してきた。

「だって、ひばりのねえさまと結婚できるんだもの。ねえさまは世界でいちばんやさしくて、世界でいちばんかわいくて、世界でいちばんすてきなの。ねえさまと結婚できるなんて、あんたすごく運がいいわ」

どやっとした顔で言うので、律はついわらってしまった。

何でも二番目の律にいちばんと言ってくるのか、この子どもは。

「とりあえず君がねえさんのことが好きなのはわかったよ」

「うん、だいすき。ひばりはねえさまがいちばんすき」

ひばちゃん、とうれしいような困ったような表情をしているつぐみをひばりがぎゅうと抱きしめる。「律がわるい男だったらあげないからね！」とこちらを睨《にら》んで嚙《か》みつくひばりに、「もう……」とつぐみは眉尻《まゆじり》を下げてわらっていた。

——思えば、鹿名田つぐみのわらっている顔を見たのは、それが最初で最後だ。

そのひと月後、つぐみは習い事からの帰り道に誘拐に遭う。

現場の公園には、ひばりがひとりきりで残されていた。「ねえさまがいない」「ねえさまがいない」と泣いているひばりを鹿名田家に雇われている運転手の男が見つけて発覚したのだ。

そして、誘拐から三週間後、つぐみは自宅から離れた病院で無事保護される。

被疑者の男は自殺し、事件はいちおうの解決を見たが、つぐみの心のほうはそうならなかった。

「暴力をふるわれた形跡はないらしいが」

律の父親は息をつき、「婚約の話は白紙になるかもしれない」とつぶやいた。

律にとっては願ったり叶《かな》ったりだ。もともと小学一年生との婚約なんて、乗り気じゃなかった。

けれど、なんとなく釈然とせず、律はつぐみの見舞いをしたいと鹿名田家に連絡を入れた。

はじめは断られていた見舞いがなんとか叶ったのは半年後。ひさしぶりに門をくぐる鹿名田家は、屋敷全体が影にすっぽり覆われたかのような、言い知れぬ暗さがあった。ひばりはどうしているだろう。いや、律が見舞いに行くのはつぐみのほうだが。

「あ、律」

使用人に案内され、屋敷の廊下を歩いていると、対面から赤い着物を着た少女が現れた。一瞬つぐみかと思ったが、呼びかたと勝気そうな表情でひばりのほうだとわかる。

「ねえさまに会いに来てくれたの？」

「ああ、まあ」

「そう。律っていいやつね。ありがとう」

ひばりは微笑んだ。

半年以上見ないうちにずいぶん大人びたな、と思った。

女の子はこういうものなんだろうか。もともと口の達者な餓鬼だったが、はじめて会ったときはつぐみにくっつき通しだったひばりは、今は使用人から律の案内役を引き受け、着物の裾《すそ》をさばきながら前を歩いている。律だってあまり子どもらしい子どもではなかったけれど、この頃はまだもうすこし両親や兄に甘えていたはずだ。

「稽古《けいこ》の途中だった？」

「んー、さっき終わったところ。ねえさまの代わりよ」

自身の着物に目を向けて淡白に答えたあと、「ねえさまー？」とひばりは細くひらいたままにしてある襖《ふすま》の向こうに声をかけた。

「ねえさま、入っていい？　律が来てるよ」

声は返らない。眉をひそめた律にひばりは大人びた苦笑を返し、「ねえさま、入るね」

と襖を引き開けた。

午後の薄い陽が射した部屋の、窓辺の長椅子にちいさな影が座っていた。両膝《りょうひざ》を抱えて座っていた少女は、「ねえさま、律が来たよ」とひばりが話しかけると、のろのろと顔を上げた。

「……りつ？」

「そうだよ。ねえさまの婚約者」

「婚約者……」

ひばりに向けられていた視線が律のほうに移る。

つぐみは一瞬だけ何かを期待するように律をじっと見つめたが、すぐにちがったという顔をした。そして、すべての興味を失ったように焦点が合わなくなった。

「ねえさま、お菓子食べようよ。律が持ってきてくれたよ」

ひばりはしばらくつぐみの気を引こうとしていたが、無理らしいのを悟ると、ばつがわるそうに俯《うつむ》いた。人形のようになった姉の身体にブランケットをかけ、律を連れて外に出る。

「ねえさま、もうずっとこうなの。ごめんね。いやな気持ちになった？」

「……ならないよ」

無事に帰ってこられてよかった、なんて思っていたすこしまえの自分に今激しく後悔しているところだ。無事ってなんだ。怪我はなかったからよかったってどれだけ想像力がないんだ。六歳の子どもが知らない男に監禁される。三週間も。律だったら恐怖で頭がおかしくなる。

「あのね、律」

なんとなく気まずくなりながら、長い廊下をふたりで歩く。

前をちゃきちゃきと歩くひばりは、ふいにためらいを帯びた声を出した。

「……ねえさまのこと、嫌いにならないで。おねがい」

こちらを見上げるひばりの切迫した表情に胸をつかれる。

「……べつに嫌いになったりしない」

「うん。そうだね。律ってやっぱりいいやつだね」

へへ、とひばりはちょっと恥ずかしそうにわらった。

以前会ったときはあんなにのびのびと姉に甘えていたひばり。つぐみがどこかへいなくなってしまったように、ひばりもどこかへいなくなってしまった。姉妹がいなくなってしまった場所に律だけが変わらず突っ立っている。

つぐみは結局、一年経っても二年経っても、もとの鹿名田つぐみに戻ることはなかった。

声をかけてもほとんど応答せず、日がなぼうっと虚空を見つめるだけの娘に手を焼いていた鹿名田家当主は、北條家に申し入れて、つぐみとの婚約解消と、代わりにひばりとの婚約を勧めてきた。北條の父親もそれをのんだので、正式にひばりと律は婚約者になる。ひばりが九歳で、律が十九歳のときだ。

「わたしとあんたは仕事上のパートナーみたいなものだから」

両者の再度の顔合わせのあと、ふたりで庭を歩きながらひばりが言った。

長い黒髪にクラシカルな丸襟のワンピース。いつかのつぐみとおなじ恰好《かっこう》だが、ひばりの足取りは颯爽《さっそう》としている。

「浮気はしてもいいけど、子どもは作らないでね。あと周りにはばれないようにやって。家に迷惑をかけるのは論外だから」

小学三年生と思えない、熟年夫婦みたいな言葉が飛び出して、律は苦笑した。

といっても、もう生意気なだけの餓鬼とは思わない。ひばりがたった数年のあいだに子ども時代を終わらせ、大人たちの世界で生きていこうとしていることを、そばでつかずはなれず見ていた律は知っている。


つぐみが鹿名田の屋敷を出て行ったのはそれから六年後のことだ。

つぐみたちの祖父の青志は、入り婿ながら鹿名田の金融業を拡大させた辣腕《らつわん》家だったが、十年ほど前から持病を悪化させ、入退院を繰り返していた。銀行の経営からはだいぶ前に退き、会社の舵取《かじと》りは息子に任せている。

その青志だが、実は数十年にわたって愛人を囲っていたことが発覚して、一族中のひんしゅくを買った。百年前ならともかく、今の世で別宅に愛人を囲っているというのは外聞がわるい。ふたりのあいだに子どもは生まれず、彼女は数年前に病死したらしいが――そのときの家を青志はつぐみに贈った。

――君が好きなように使ってよい。

青志に言われたつぐみは、画材道具一式を携えて鹿名田本家から出て行った。

心の治療のために習っていた絵で、つぐみはみるみる頭角を現し、今ではいくつかの作品を画商に買い取ってもらっていた。ひばりいわく、つぐみの作品は「植物を緻密《ちみつ》に描いただけの地味で根暗な絵」だそうで、まだ一枚も売れていないらしいが。

「つぐみは出て行ったのか」

久しぶりに鹿名田本家に顔を出すと、制服すがたのひばりががらんどうになった姉の部屋の長椅子にぽつんと座っていた。

律は三年前に大学を卒業して、今は北條グループの系列会社で働いている。

今日は出先からの帰り道にそのまま寄った。上着を脱ぎ、ひばりのとなりに腰掛ける。

「あのひと弱かったからね」

嘲笑《あざわら》うような笑みを浮かべて、ひばりは肩をすくめた。

「この家では生きていけないよ。そちらのほうがいいってわたしがおばあさまに言って追い出してやったの。鹿名田と関わらない場所で勝手に生きていけばいいんだよ、あんなひと」

た。


――ねえさまのこと、嫌いにならないで。おねがい。

必死に訴えていた少女は、近頃つめたい目をして姉を蔑《さげす》む言葉を口にするようになった。

「追い出してやった、ね」

「……なによ?」

「君はわるい女になったたな」

「あなたもひねくれているんだからお似合いでしょ」

つんと顔をそむけて、ひばりは言った。

ひばりは人前では華やかな芍薬《しゃくやく》のような少女で、その実、棘《とげ》がある薔薇《ばら》のように容赦がない性格で、だけどそこで終わりでもない。口元に薄くたたえていた笑みが消え失せると、ひばりは完全な無表情になった。いちばん無防備なひばりの表情だ。ぽろっと律のまえで漏らすのは、律に心をゆるしているからではなく、長いことそばにいたせいで、律に取り繕う必要がなくなっているからだ。

「……ねえさまね。あのとき、ほんとうはひばりの代わりになったのよ」

長椅子の背に腕をのせて、ひばりは窓の外に目を向けている。二階にあるこの部屋から見えるのは、建物の陰になって日が射さない坪庭だけだった。暗く窮屈な庭を毎日つぐみも窓から見ていたのだろうか。

「先におじさんにちかづいていったのはひばりなの。キャラメルをもらえたのがうれしくて……。知らないひととしゃべってはいけません、知らないひとから何かをもらってはいけませんって、おばあさまに言われていたのに、ねえさまはちゃんとだめだよって言ったのに、わたしが先におじさんについていったの。ねえさまはわたしを守ろうとしただけ。あのひとは自分のぶんのいちご飴《あめ》もわたしにあげてしまうような、そういうひとだった。わたしとは何もかもちがう……」

ひばりの声は抑揚がなく、感情がひとつも伝わってこない。この十年でひばりが身につけた処世術だ。

「でもわたしは、そのことを誰にも言ってないの。……言えない。どうしても言えない。きっとこの先も。鹿名田の家では今も、知らないおじさんにお菓子をもらってついていった愚かな子どもはねえさまのほうなんだよ。──ね？　わたしはわるい女でしょう？」

ひばりは実際ひどい妹で、大勢のまえでまるでそこにいないかのように姉を軽く扱う。つぐみが鹿名田家を出て行くときに鷺子に口添えしたのだって嘘ではないだろう。ひばりはそうやってずっと姉を守ってきた。自身の輝きで好奇の目から姉を隠し、この家から出て行けとなじりながら背を押すのだ。

でもそれが、つぐみへの愛からくるものなのか、贖罪《しょくざい》からくるものなのか、あるいはふたつが絡まり合って、もはや相手を傷つける棘でしかなくなっているのか、律にも、きっとひばり本人にももうわからない。

律はひばりの長い髪に触れた。

頭を撫《な》でるようにすると、とたんにひばりは胡乱《うろん》げな目になり、「なに？」と唇を尖《とが》らせる。

「まさか慰めているとか言わないよね？」

「婚約者に婚約者役をしてほしいのかと思って」

ひばりがこうなので、律もひばりに対してはいつにも増してひねくれた物言いばかりをしてしまう。

気の強い少女が見捨てられた子どものような横顔をしているので、撫でたくなっただけだ。べつに恋とか愛ではない。ただ情はある。でも、もしかしたら外の世界ではこれを恋とか愛というのかもしれない。ひばりと律はとても恋などできない歳で出会い、仕事上のパートナーとしてずっと生きてきたので、内実はブラックボックスだ。

ただひとつ。

——だいすき。ひばりはねえさまがいちばんすき。

この子が尋常ではないほど姉がすきなことを律だけは知っている。

「なるほど」

律の物言いにひばりは納得したふうに微笑んだ。

「うん、いいね、婚約者。仕事して」

長椅子の背に置いていた腕を下ろして、律の肩に猫が甘えるように頭をのせてくる。

はいはい、と言って、ひばりの頭を撫でた。口をひらくと悪口が絶えないのに、ひばりはぎゅっと目を瞑《つぶ》って静かにしている。ほんとうは泣くのをこらえているのかもしれなかった。

＊…＊…＊

葉とつぐみが出て行ったあとの部屋に入ると、ひばりは外れたドアのまえで呆然《ぼうぜん》としていた。

ひばりがつぐみと葉の結婚を快く思っていないことは知っていた。そして青志の法事で、つぐみに接触してなんとか引き離そうとしていたことも。

「おい、平気か」

つぐみがひばりに連れて行かれたらしいことは葉に教えたが、まさかドアを蹴破《けやぶ》るとは思わなかった。脱出劇はもうすこし穏便にやってほしい。

とりあえずひばりに怪我がないらしいことを確かめると、俯《うつむ》きがちにこぶしを握ったひばりがふるふるとふるえていることにきづいた。顔をのぞきこむと、目元に涙をいっぱいに溜《た》めて、唇を嚙《か》みしめている。

「律。ふたりを連れ戻して」

「……なんで俺が」

「連れ戻してよ。わたしの婚約者でしょ！」

眉《まゆ》をひそめて、ひばりを見る。ひばりがこういう乱暴な理屈を持ってくるのはめずらしい。

「だって、ねえさまが……ねえさまが不幸になるよ。きっとあいつに脅されてるんだよ。見えないところでひどいことをされてるんだよ。ねえさまはやさしいから、我慢して言えないんだよ！」

「――ほんとうにそう見えた？」

尋ねると、ひばりは目を瞠《みは》って、唇を引き結んだ。

はずみに溜まっていた涙がぽろりとこぼれ落ちる。頬を染めて、ひばりは手の甲で涙を拭《ぬぐ》った。いつもは芍薬とたとえられる彼女とは思えない、子どもっぽい仕草だ。

律が畳んだハンカチを差し出すと、ひばりは忌々《いまいま》しげにそれを奪い取った。

「律はきらい。いったい誰の味方なの？」

「ひばりさんだよ」

「嘘よ」

「ひばりさんですよ」

「嘘」

ひばりはもうすこし、自分が向けている感情より、自分に向けられている感情にも敏感になるべきだ。でも、ひばりはいつも「わたしたちは仕事上のパートナーだから」と言い切っていて、律がある時点から誰ともつきあっていないし、つきあおうともしていない事実にはまったく目を向けていない。いまだに自分はつぐみの代わりに律がしぶしぶ引き受けた婚約者なのだと思っている。いい加減きづけ。

「とりあえずドアを直すか」

床に倒れたままのドアを持ち上げようとすると、「ちょっと待ってよ」とひばりが不満そうな声を出した。袖《そで》をぐいと引かれ、律の背中にひばりの額があたる。

「婚約者、三分仕事して」

「はいはい」

ぐすっと泣きだした少女へ言いつけどおり背中を貸してやる。

この関係が「仕事」の壁を越えるには、あと何年かかるのやら。

番外編　もう一度、何度でも

——もう一度、という言葉がなかなか言えずにいるのだ。


長引いていたつぐみの熱がようやく下がった頃、あわただしかった夏は駆け足で過ぎ去ろうとしていた。

「そういえば、夏は法事以外どこにも行かずに終わっちゃったねえ」

ちゃぶ台でおやつの甘栗を剝《む》きつつ、葉がつぶやく。

葉はこういう作業が得意で、中心を爪で割って皮を剝いた栗を次々小皿にのせていく。つぐみは栗の皮を転がしつつ待つだけの係だ。

「どこか行きたいところがあったの？」

「うーん、ちょっと遠出して潮干狩りとか動物園とか……。上野《うえの》にある動物園、キリンとかパンダがいて、きっとかわいいよ」

「キリン……」

動物図鑑はときどき眺めるけど、本物のキリンは見たことがなかった。

「行きたい」とつぐみがうなずくと、「じゃあ、今度お弁当持っていこう？」と葉は微笑んだ。

はいどうぞ、と剥きたての栗を渡される。はずみに細くて長い葉の指が手に触れ、「ひゃっ」と思わずつぐみは手を引っ込めた。ぎりぎり栗は落とさずに済んだけど、頬が熱くなってくるのがわかって、あわてて葉に背を向ける。

「ご、ごめんなさい」

「こ、こちらこそ……」

つぐみのもじもじが伝播《でんぱ》したように葉も逆の方向に目をそらす。

それから、お互いそーっと相手をうかがい、またもじもじと左右に視線を逃した。

季節が夏から秋へと移り、家の庭に秋の花が咲きはじめ、食卓にはきのこ類や旬の魚が頻繁にのぼるようになった。それでも、この家のなかに流れている時間だけはいつもと変わらない――はずが、最近なんだかようすがおかしいのだ。

葉と目が合うと、胸がどきどきとへんな音を立てるし、手が触れただけなのに過剰なくらいにびっくりしてしまう。でも、いやというわけではなくて、そういうつもりはないのに、身体が勝手におかしな反応をしてしまうのだ。

いったい自分に何が起きているんだろう。つぐみには同世代の友人がいないので、家に訪ねてきた画商の鮫島にそんなことを言葉少なに打ち明けると、「君たちってときどき、つきあいたての中学生みたいなことを言い出しますよね。結婚しているのに」となまぬるい眼差《まなざ》しを向けられた。

だって、葉とは結婚はしているけど、つきあったことなんかない。

言い返したかったものの、さすがに鮫島に不審に思われそうなので、がまんする。

次にやってきたとき、鮫島は家にあるコレクションから選んだというＤＶＤを数枚貸してくれた。

——どうぞ。君とおなじことで悩んでいる古今東西の皆さんですよ。

いったいどんな教材が入っているのだろうと期待して紙袋をひらき、つぐみは眉をひそめた。ラブストーリーの名作と、ラブストーリーの話題作と、ラブストーリーのおすすめ作だった。ご丁寧に一枚一枚、鮫島による見どころが付箋《ふせん》で貼ってある。

——こういう話をしたんじゃない。

つぐみがＤＶＤを突き返そうとすると、鮫島はとぼけた顔で肩をすくめた。

——そうなんですか？　参考になるかと思ったのに。

——絶対に参考になんかしない。

そのときはそう啖呵《たんか》を切ったのだが、つい押しつけられたＤＶＤに手を伸ばしてしまったのが昨晩のこと。

ベッドに置いたノートパソコンで映画を鑑賞していたつぐみは、途中、あまりの破廉恥さに柴犬《しばいぬ》の抱き枕に突っ伏してもだもだした。ちなみにどれもキスシーンが数回ある程度の純愛と呼ばれるラブストーリーである。

キスシーンが画面に大写しになると、いやがおうにも思い出してしまう。

足元で揺れる夏草の気配とか、遠くで街灯が明滅する音とか。

髪に差し入る手の大きさとか、触れた唇のあたたかさとか。

つぐみがはじめてしたキスは甘いというより、あたたかかった。すこしもいやじゃなかったし、触れたところから伝わる体温に安堵《あんど》して、ずっとそうしていたくなった。だから、「もう一度」ってあのときはねだったのだけど、思い返すと、どうしてあんなだいそれたことを言えたんだろうと羞恥《しゅうち》で消えたくなってくる。

柴犬のおなかに顔をうずめて、鮮明によみがえってしまった記憶に身悶《みもだ》えしていると、流したままにしていた映画のシーンが切り替わった。

直視できなかったキスシーンが終わって、ヒロインが相手の男の子を見送っている。夢見るようにほんのり上気した彼女の横顔を見て、きづいた。まえとちがう。恋をしている女の子の顔だ。

「――つぐみさん？」

「ひゃあっ⁉」

横から顔をのぞきこまれて、つぐみは再び栗を落としかける。

不意打ちだったせいで、心臓が飛び出るかと思った。

「えと、なんの話だっけ」

まだどきどきしている胸を押さえて尋ねると、「夏にやり忘れちゃったことの話かな？」ととくに気にしたふうもなく葉が答える。

つぐみがぼうっとしているあいだに、葉は押し入れから何かを取り出していたらしい。

「じゃーん！」と眼前に「ハッピー花火セット」と書かれた詰め合わせパックが掲げられる。カラフルな花火がいっぱい詰まったそれをつぐみはぽかんと見つめた。

「実はつぐみさんとやろうと思って買っていた花火パックをきのう発掘したのです！」

「花火って、家で打ち上げるの？」

「これは手持ち花火のほうだねー。やったことない？」

うなずくと、「きらきらしてて楽しいよ」と葉はわくわくを隠しきれないようすで花火パックをちゃぶ台にのせた。

「来年まで置いておくとしけっちゃうから、今晩やろうよ。ちょっと厚着して」

「でも、こんなにたくさんできるかな……」

「はじめると、結構すぐになくなっちゃうよ」

そういうものなのかと、色とりどりの花火が詰まった袋を手で撫《な》でる。つぐみとやろうと思って買ってくれていたんだと思うと、身体が内側からぽかぽかあたたまってきた。

目を伏せて、「うれしい」と微笑む。

とたんにどこかをぶつけたみたいに、葉がちいさく呻《うめ》いた。

「……どうかした？」

「や、ちょっと、はかいりょくが……」

なぜか胸のほうを押さえ、葉は首を横に振った。

夕ごはんを食べたあと、ルームウエアのうえにカーディガンを羽織って庭に出る。

葉は水を汲《く》んだ消火用のバケツと蠟燭《ろうそく》を用意していた。秋らしい澄んだ夜空に月がのぼっている。屋内の電気は消してあるので、月のひかりが射した庭のほうがすこし明るい。

「つぐちゃん、どれからする？」

「ええと……どうちがうの？」

「うーん、線香花火以外はやってみてはじめてわかるというか……」

葉もよくわかってなさそうだったので、つぐみはとりあえずピンクと黄色のしましまの紙が巻いてある花火を選んだ。

「先のとこに火をつけるの？」

「そうだよー」

「……突然爆発したりしない？」

不安になって尋ねると、「しないしない」と葉はくすくすとわらった。身体をずらして、縁側の踏石に置いた蠟燭の風除《よ》けになってくれる。おそるおそる蠟燭の炎に花火の先端をちかづけると、ぱっと点火して、火花が噴き出した。

「わっ」

思わず取り落としそうになり、両手でしっかり花火の棒を握りしめる。すすきの穂のように長く尾を引いて輝く火花は、途中で橙《だいだい》色から緑色に変わり、最後は白い炎になった。

葉もべつの花火に火をつけていて、それは四方に雪の結晶みたいな火花を咲かせる。

「わたしも」

おなじものがしてみたくなって、蛍光塗料が塗られた棒状の花火を手に取る。

でも、なぜかつぐみの花火は、最初にぱちっと大きな花が燃えただけで、すぐに静かになってしまった。「あれ?」と首を傾げて、棒を振る。もう終わったのかな、とふしぎに思っていると、急にまた息を吹き返して、ばちばちと火花が四方に爆《は》ぜた。

「わっ、わっ」

勢いにおののくつぐみに、「つぐちゃんの花火は元気だねえ」と葉がわらい声を立てる。はじめはこんなにたくさんできるのかなって疑問に思っていたけど、葉の言うとおり、やりはじめると、あっというまになくなってしまう。

打ち上げ花火は、鹿名田の屋敷の窓から毎年見えていた。遠くの夜空に上がる花火は、夏の風物詩にふさわしく華やかできれいだったけれど、つぐみにとってはにおいも熱も感じない絵画みたいなものだった。

今、目のまえで輝く花火は、ひりつくほどに熱くてまぶしい。

「ね、線香花火もしたい」

つぐみでも知っている花火の名前を挙げると、「たぶんこれかな?」と葉がこよりの形の花火を差し出した。ふたりで並んで蠟燭にこよりの先をちかづける。つぐみのこよりはなかなか火がつかず、葉が代わりにやってくれると、ようやくちいさな炎が灯《とも》った。

「きれい……」

ちり、ちり、と微《かす》かな音を立てて、牡丹《ぼたん》に似た火花を咲かせる火球を目に映す。

しゃがんでおなじように線香花火を見ていた葉が微笑んだ。

「たのしい？」

「うん、うん」

「なら、よかった」

やわらかく目を細める葉の横顔が、花火のひかりでつかのま浮かび上がる。

思わず見入ってしまうくらい、やさしい横顔だった。

もっと見ていたかったのに、花火が消え入って、月が輝くだけのもとの夜闇に戻る。

蠟燭の炎も風で消えてしまい、「あっ、ライター」と葉がポケットを探った。はずみに小指と小指があたり、つぐみはびくっと肩を跳ね上げる。

「わ、ごめん」

「ううん……」

いつものように距離を取りかけてから、思い直して、葉のパーカーの裾《すそ》を両手でつかむ。

花火が燃え終わったあとの煙が薄くあたりに立ち込めている。つかんだきり、どうしたらいいかわからないでいると、葉はどこかまぶしげな顔をして、つぐみの髪に触れてきた。細く長い指に絡んだ黒髪は、自分のものじゃないみたいに艶《つや》めいて見える。

このまま、あの夜とおなじことが起きたらいいのに。

ひらきかけた口を引き結び、目を伏せる。

——もう一度、という言葉がなかなか言えずにいるのだ。

もう一度、あの夜とおなじこと、してくれたらいいのに。

口にする勇気もないのに、手も離せずにいると、昨晩見た映画のワンシーンが脳裏によみがえった。

ぎこちなく顔を上げ、三秒を数えてから、ぎゅーっと目を瞑《つぶ》る。

えっ、と戸惑うような声がしたあと、ぴたりと葉から反応が返らなくなる。

……今、どんな顔をしているんだろう。

ふるえそうになりながら目を瞑り続けていると、髪に触れていた手がすこし上向かせるように後頭部に回った。胸のどきどきは、ばくばくみたいな音に変わっている。がんばってこらえていたけど、微かな吐息が前髪を撫でると、がまんしきれずに目を開けてしまった。

「うわっ!?」

思いのほかちかづかれていたことにつぐみは驚き、葉のほうはいきなり目を開けられたことに驚いたらしく声を上げる。

「び、び、びっくりした……」

「ご、ごめんなさい」

目を瞑ったままでいるのがこんなに長く感じるなんて思わなかったのだ。

しどろもどろに謝ると、葉は多少落ち着きを取り戻したようすで苦笑した。

「……花火の続き、する？」

「うん。……ううん。あとがいい……」

「……もっかい目つむれる？」

「うん」

うなずいたものの、すぐにできないでいると、つぐみの目のうえにそっと葉の手がのった。

額に短くくちづけられる。ただ唇が触れるそれだけなのに、心臓が壊れそうなくらいはやく打ち鳴った。ふわふわと頬に熱が集まってくる。きっとわたしも今、映画の女の子とおなじ顔をしている、と思う。

「青志おじーさんに俺、雷落とされそうな気がする」

「……どうして？」

意味がわからず訊《き》き返すと、「とても言えません……」と葉はほんのり赤く染まった顔を手で覆った。

夏が終わって、秋が来て、
家の庭には秋の花が咲きはじめて、
食卓にはきのこ類や旬の魚がのぼるようになって、
君とのちいさな世界も、ほんのすこしだけ色づいて動きだす。
つぐみの恋はまだ、目を覚ましたばかりだ。

本書は二〇二二年から二〇二三年にカクヨムで実施された第8回カクヨムWeb小説コンテスト特別賞を受賞した作品に加筆修正の上、文庫化したものです。「番外編　もう一度、何度でも」は書き下ろしです。

この物語はフィクションであり、実在の人物・地名・団体等とは一切関係ありません。

お嬢《じょう》さまと犬《いぬ》

契約婚《けいやくこん》のはじめかた

水守糸子《みずもりいとこ》

令和6年 1月25日　初版発行

発行者●山下直久

発行●株式会社KADOKAWA
〒102-8177　東京都千代田区富士見2-13-3
電話　0570-002-301(ナビダイヤル)

角川文庫 23996

印刷所●株式会社暁印刷
製本所●本間製本株式会社

表紙画●和田三造

●お問い合わせ
https://www.kadokawa.co.jp/（「お問い合わせ」へお進みください）
※内容によっては、お答えできない場合があります。
※サポートは日本国内のみとさせていただきます。
※Japanese text only

ISBN 978-4-04-114412-1　C0193

◇◇◇